Luise Maier, geboren 1991 in Schardenberg (Österreich), wuchs in Vilshofen auf und lebt heute in Biel. Sie hat am Schweizerischen Literaturinstitut Biel/Bienne studiert. »Dass wir uns haben« ist ihr Debüt.

Luise Maier

Dass wir uns haben

Roman

WALLSTEIN VERLAG

Ich hatte mir aus Mutters Schreibtisch ein Notizheft geklaut. Dort schrieb ich hinein:

Ich darf niemals Kinder haben.

Ich darf niemals Kinder haben.

Ich darf niemals Kinder haben.

Ich darf niemals Kinder haben.

Ich darf niemals Kinder haben.

Ich darf niemals Kinder haben.

Ich darf niemals Kinder haben.

Bis alle Seiten gefüllt waren.

Dass du mir nie wieder – nie wieder! – deine Schwester schlägst!

Mein Bruder lag auf dem Rücken in seinem Bett, Vater stand über ihn gebeugt und fesselte die Handgelenke meines Bruders an die Bettpfeiler. Er zurrte den Strick fest. Es war ein alter Strick, einer, wie ihn unser Onkel auf seinem Bauernhof hatte, um die Kälber anzubinden. Ich lag auf meinem Bett, es fühlte sich an, als prasselten die Fäuste meines Bruders immer noch auf mich nieder.

Vater hatte mich schreien gehört, war ins Zimmer gestürmt und hatte meinen Bruder von mir gerissen. Er hatte ihn am Handgelenk aus dem Zimmer und die Treppe hinunter gezerrt. Kurz darauf hatte ich sie wieder hochkommen gehört. Vater hatte in der einen Hand den Strick gehalten, mit der anderen hatte er meinen Bruder hinter sich hergeschleift und ihn auf sein Bett geworfen.

Ich lugte unter meinem Arm zu ihnen. Vater fing jetzt an, die Fußgelenke meines Bruders an die unteren Bettpfeiler zu schnüren. Jetzt sah mein Bruder so aus, als würde er gleich gevierteilt werden. Vater schnaufte laut.

Als er fertig war, verließ er das Zimmer, einen Moment später hörte ich die kleine Glocke über der Haustür bimmeln, und ich wusste, dass er nun auch das Haus verlassen hatte. Ich traute mich nicht, mich zu rühren. Mein Bruder und ich lagen in unseren Betten, als wäre der andere gar nicht da.

Kurz darauf kam Mutter ins Zimmer gestürmt.

Sie schrie: Mein Gott! Meingottmeingottmeingott!

Sie löste das Seil, und die Arme und Beine meines Bruders fielen wie die einer Puppe auf die Matratze zurück. Er drehte sich zur Wand und fing an zu weinen.

Er weinte den restlichen Nachmittag. Mutter und ich saßen abwechselnd an seiner Bettkante und streichelten über seinen Rücken. Der Rücken hörte nicht auf zu zucken. Ich streichelte nur ganz vorsichtig, dort, wo ich auch am liebsten gestreichelt werde, wenn ich weine.

Abends kochte Mutter Tomatensuppe. Wir saßen in der Küche, als Vater nach Hause kam. Wir sahen ihn durch die Scheiben der Küchentür. Er ging direkt in sein Zimmer, und ich sah ihn zwei Tage nicht herauskommen.

Ich saß in unserem Zimmer, von unten war Geschrei zu mir nach oben gedrungen. Ich horchte, das Geschrei kam aus dem Hinterhof. Leise stieg ich die Treppe hinunter und blieb auf der untersten Stufe stehen. Von hier aus konnte ich in den Hof blicken.

Ich sah Vaters Gesicht, seine Lippen waren so verzerrt, ich hätte meinen können, er lache, aber ich wusste, er tat es nicht. Ich sah seine großen Hände, wie sie nach dem Hackstock griffen. Mutter stand daneben und rührte sich nicht, ich hätte meinen können, dass auch sie ein Baumstumpf war, so starr stand sie. Ich drückte mich an der Flurwand entlang bis zum Eingang des Hofes. Im Dunkeln des Gangs blieb ich stehen.

Die Falltür unseres Kellers war geschlossen und durch den Eisenring am Rahmen der Tür verriegelt. Obwohl ich es nicht mitbekommen hatte, wusste ich, dass mein Bruder dort unten im Bauch der Erde war, und ich wusste, dass Vater ihn dort hinuntergebracht hatte.

Bei jedem Schritt, den Vater auf den Keller zu machte, rutschte ihm der Hackstock ein Stückchen mehr aus seinem Griff, und ich dachte an die Spreizen, die sich dabei in seine Haut bohren mussten. Als er über der Falltür stand, öffnete er seine Arme und ließ den Hackstock auf die Bretter fallen. Das Holz bog sich mit einem kurzen Knarzen, danach war es still.

Dann fing die Falltür von unten an zu schlagen. Es pochte in regelmäßigen Abständen wie ein Herz, und ich stellte mir vor, wie mein Bruder auf den Kellerstufen stand und mit seinen Fäusten gegen die Tür über ihm hämmerte.

Vater stand mit hängenden Schultern daneben. Ich verkroch mich wie eine Spinne zurück in den Schatten des Flurs.

Vater hatte sich einen Betonmischer ausgeliehen und ihn in den Hof gestellt. Er hatte sich ein Auto mit Anhänger geliehen und war damit zum Kieswerk gefahren. Keiner von uns hatte mitkommen dürfen. Neben dem Betonmischer häufte sich nun der Sand auf den Steinplatten im Hof. Daran lehnten Säcke mit Zement. Sie sahen müde aus. Vaters Hände waren vom Staub der Säcke weiß geworden, als er sie durch den Flur in den Hof getragen hatte. Jetzt waren seine Hände rot: Er schaufelte Sand in den Bauch des Mischers und kippte aus Kübeln Wasser darauf. Die Sandkörner knirschten, wenn Vater die Schaufel in den Haufen stach, und die graue Pampe im Betonmischer fiel bei jeder Umdrehung mit einem Platschen gegen die Wände des Hohlkörpers, wurde wieder hochgehoben und fiel wieder zurück. Die Holzkisten mit den Äpfeln vom letzten Herbst stapelten sich im Flur, daneben lehnten zwei Kartoffelsäcke, als würden sie sich an die Kisten anschmiegen. Wenn eine Ladung fertig war, stellte Vater die Schubkarre unter den Mischer und kippte die graue Pampe dort hinein. An Vaters Schuhen klebte der graue Sand, und vom Hof bis zur Falltür des Kellers zeichneten sich die Spuren seiner Schuhsohlen ab. In den Tagen zuvor hatte er auf der untersten Kellerstufe eine Wand aus roten Backsteinen bis zur Decke hochgezogen und die Treppe dann mit Schutt aufgefüllt. Jetzt kippte er Karre um Karre von Beton auf den Schutt, bis es keine Stufen und damit keinen Keller mehr gab.

Unser Haus lag am Rand der Stadt an einer Kreuzung von zwei schmalen Straßen und war grün verputzt. Es fuhr fast nie ein Auto vorbei, außer das blaue der Fahrschule *Christof und Erwin*. Wenn es vorbeifuhr, sagten wir: Da fährt Erwin. Oder: Da fährt Christof. Je nachdem, welcher der beiden Fahrlehrer darin saß.

Gegenüber von unserem Haus gab es einen Wasserhydranten und eine große Eiche. Neben der Eiche stand ein großes, altes Mietshaus. Auch das war grün verputzt. Darin wohnte der Wanz. Wir nannten ihn so, weil er einen großen Bauch hatte. Wenn er abends mit seinem Dackel eine Runde ging, pisste er an den Stamm der Eiche, und sein Dackel pisste an den Hydranten.

Schräg gegenüber von uns wohnte die Eichelfrau. Wir nannten sie so, weil sie die Eicheln von der Straße aufsammelte und daraus Kaffee mahlte. Ihre Augen sahen durch ihre Brille doppelt so groß aus. Vater rief die Polizei, nachdem sie vier Tage nicht aus ihrem Haus gekommen war. Zwei Polizisten kamen und brachen die Tür ein. Kurz darauf kam ein Krankenwagen. Die Eichelfrau war mit einem weißen Tuch zugedeckt, als sie sie aus dem Haus trugen. Seitdem stand das Haus leer.

Neben uns wohnten die Halsers. Nach ihrem Haus machte die Straße weiter unten eine Biegung. Bis dorthin kam manchmal die Donau, wenn im Frühjahr der Pegel stieg. Wenn das Wasser wieder zurückging, ließ uns die Donau eine Spur aus kleinen Holzstückchen da. Wir sammelten sie und bauten daraus Vogelhäuschen. Das Haus der Halsers war so rosarot wie die Haut an den dicken Beinen und in den dicken Gesichtern der Besitzer. Den oberen Stock vermieteten sie als Gästezimmer. Sie hatten eine Tochter, sie war so alt wie mein Bruder. Sie sprach nichts, und sie hörte nichts. Vater sagte: Der hat es die Sprache verschlagen.

In der Gasse hinter den Halsers wohnten die Schachtners. Herr Schachtner ließ mich einmal in das Wohnzimmer und zeigte mir seine Modelleisenbahn. Dabei sah ich, dass er unten nur noch einen Zahn hatte. Frau Schachtner schenkte uns zu Ostern Schokolade. Die Schokolade hatte einen grauen Belag.

Neben den Schachtners wohnten die Herolds. Das Haus der Herolds war mit dunklem Holz beschlagen, im Sommer duftete es süß. Die Fliesen auf der Veranda waren zersprungen. Im Erdgeschoss wohnten Herr und Frau Herold mit ihren vier Kindern, drei Jungen und ein Mädchen. Herr Herold hatte immer die gleiche Jeans an und roch sauer aus dem Mund. Frau Herolds Backen hingen wie Vorhänge unter ihren Augen. Im oberen Stock wohnte der alte Herold. So wie ich nie hineinging, kam er nie heraus. Im Sommer stand ein Kübel auf seinem Fensterbrett. Er war aus milchigem Plastik, und wir konnten von unten die gelbe Flüssigkeit durchschimmern sehen. Nur einmal waren wir zu laut, und er kippte die Pisse auf uns herab. Wir schrien und sprangen weg, aber die Tochter der Halsers hörte nichts und wurde nass.

Als wir einzogen in das grüne Haus, brachten wir eine Plastikbadewanne mit, denn ein Badezimmer gab es nicht. Die Wanne war nierenförmig, an einem Ende ein bisschen höher als am anderen. Ihr Rand war umgeschlagen und schmiegte sich an meine Handinnenfläche wie ein Treppengeländer. Das Plastik war apfelrot, nur auf einer Seite waren drei schwarze Teddybären aufgedruckt. Sie standen nebeneinander und hoben ihren linken Arm zum Gruß. Wenn ich auf alle viere ging und mir die umgedrehte Wanne über meinen Buckel stülpte, konnte ich als Schildkröte durch die Küche kriechen. Manchmal kroch ich gar nicht, sondern kauerte auf dem Boden, und das Rot legte sich als Panzer um mich.

Jeden Sonntag wurde die Wanne mit Wasser gefüllt, das zuvor auf dem Holzofen in einem Einkochtopf erhitzt worden war. Die Wanne stand in der Mitte der Küche. Dort wo das Wasser beim Einschütten danebengegangen war, weichte der Holzboden dunkel auf. An den Glasscheiben der Küchentür und der Fenster setzte sich grauer Dampf ab, und wir waren vom Dunst eingehüllt. Mein Bruder und ich badeten zuerst. Ich saß vorne, er dicht hinter mir. Mutter wusch uns, rieb uns trocken und kämmte uns die Haare. Vater kam nackt in die Küche, und als er die Tür aufriss, verflüchtigte sich der wärmende Dampf nach draußen in den schwarzen Gang, er brachte stattdessen Kühle mit sich. Vaters braunes Glied schwang bei jedem

Schritt mit, während er von der Tür zur Wanne lief. Als er im Wasser saß und sich mit dem Schwamm wusch, bildete sich um die Wanne herum ein dunkler Ring auf dem Boden. Seine runden Knie ragten auf der Höhe seines Kopfes aus dem Rot hervor.

Unser Haus hatte vier Zimmer: Die Küche war unten, das Zimmer darüber gehörte mir und meinem Bruder. Mutter richtete das Zimmer neben unserem als Malstube ein. Dahinter lag Vaters Zimmer. Es war so klein, dass nur ein Bett und ein Tisch hineinpassten. Aus den Wänden machte er Bücherregale. Dadurch wurde das Zimmer noch kleiner. Vor den Büchern standen alte Marmeladengläser, und in den Gläsern schwammen Mäuseembryos und Ringelnattern in Spiritus. Wenn wir spazieren gingen, hatte Vater immer ein leeres Marmeladenglas im Rucksack. Er nahm nur die Tiere mit, die noch ganz waren.

Der Boden in der Küche moderte. In der ersten Nacht im grünen Haus schliefen wir in der Küche auf einem Matratzenlager. Es waren dieselben Matratzen, auf denen mein Bruder und ich geboren worden waren. Mutter wollte, dass Vater den Boden herausriss. Sie sagte zu ihm, er müsse einiges im Haus umbauen, wenn wir hier als Familie leben wollten.

Vater sagte: Wieso? Hauptsache, es regnet uns nicht rein.

Dann zog er für drei Wochen auf den Speicher, um Mutter zu zeigen, dass er dort nicht nass wurde. Wir blieben mit ihr in der Küche. Mutter strich in der Zeit öfter über ihren Bauch, als dass sie über meinen Rücken strich. Mit der Hand auf dem Bauch sah sie aus, als würde sie lachen, aber sie lachte nicht, also wusste ich, dass es etwas anderes sein musste.

Mutter rief ihren Bruder an, damit er beim Umbau half. Er kam, und sie rissen den Küchenboden heraus. Mein Bruder fand in der Erde alte Münzen, rieb sie an seiner Hose sauber und steckte sie in eine Holzkiste. Vater legte lange Bretter über die Erde. Wenn er über die Stege schritt, quoll an den Seiten der Matsch hervor, und aus dem Profil seiner Schuhe fielen schwarze Klumpen.

Als mein Onkel wieder weg war, hörte auch Vater mit dem Umbau auf.

Einen Boden unter den Füßen und ein Dach über dem Kopf, das reicht doch, sagte er.

Die Hand auf dem Bauch meiner Mutter wurde zu einer Kralle.

Ich will auch mal etwas Neues haben, sagte ich, als mir Mutter den Anorak hinhielt. Es war der Anorak, den mein Bruder im Jahr davor, im Jahr davor meine Cousine und davor ihre Schwester getragen hatten. Das Innenfutter hatte sich zu kleinen Knäueln verklumpt, die sich unten über der Naht sammelten. Am rechten Ärmel war ein karierter Flicken aufgenäht. Mutter ließ den Arm mit dem Anorak daran sinken und schaute mich an. Ihre Augen waren groß.

Du hast ja recht, sagte sie und hängte die Jacke zurück an die Garderobe.

Wir gingen in das Kaufhaus oben an der Straße und kauften einen neuen Anorak. Er hatte blaue Ärmel, ein rotes Rumpfteil und eine gelbe Kapuze. Die Kordeln an der Kapuze waren grün. Am Rücken, genau zwischen meinen Schulterblättern, waren vier graue Elefanten aufgestickt. Wenn ich den Anorak anhatte, konnte ich meinen Kopf noch so weit drehen, ich sah die Tiere nicht. Aber ich konnte meinen Arm so anwinkeln, dass ich mit meinen Fingern über die Tiere fahren und sie streicheln konnte.

Am Abend führten Mutter und ich die neue Jacke aus. Ich leuchtete damit im Dunklen. Als wir zurückkamen, schnitt uns Vater in der Straße vor dem Haus mit dem Rad den Weg ab. Er fuhr bis vor das Haus. Erst als wir vor ihm standen, drehte er den Kopf und sagte: Ah, ihr seid es. Ich habe euch gar nicht erkannt.

Das liegt wohl am neuen Anorak, sagte Mutter und strich über einen meiner blauen Ärmel.

Neuer Anorak?

Vater nahm die zwei Wörter in den Mund, als kaue er auf einem zähen Stück Fleisch. Dann spuckte er sie vor uns auf den Boden und ließ uns damit vor dem Haus stehen.

Mutter lag auf dem Kanapee und war bleich im Gesicht. Sie bäumte sich immer wieder auf, so als wäre sie an ihren Fersen und an ihrem Kopf festgenagelt und alles andere streckte sich gegen die Zimmerdecke. Ihr Mund blieb dabei verschlossen. Ich wusste nicht, was ich tun konnte. Ich streichelte ihren Bauch, bis sie sich wieder aufbäumte, dann streichelte ich ihre Hand. Die Hand sah aus, als würde sie nach etwas greifen wollen, ich fuhr mit den Fingern die Adern entlang.

In der fünften Nacht hörte ich einen Schrei aus ihrem Zimmer. Ein Krankenwagen kam kurz darauf, das blaue Licht leuchtete bis in unser Zimmer hinein. Ich konnte nicht wieder einschlafen, das blaue Licht und die Sirene hatten sich durch meine Augen und meine Ohren in meinen Kopf gefressen. Als mein Bruder und ich am Morgen an den Frühstückstisch kamen, saß nur Vater dort. Es gab Brot mit Marmelade, die Butter hatte er im Kühlschrank vergessen.

Mutter wurde operiert und lag danach zwei Wochen auf der Intensivstation. Wir durften sie nicht besuchen. Kinder sind die reinen Drecksschleudern, sagte der Arzt.

Sie blieb über Weihnachten im Krankenhaus. Dafür schickte sie ihre Mutter zu uns. Großmutter wollte unter dem Tannenbaum ein Geschenk hervorholen, bückte sich, und ihr Haar fing Feuer. Vater löschte es mit der Decke aus meinem Bett. Am nächsten Tag saß ich vor dem Baum und klaubte die Schokolade von den unteren Ästen. Das Alupapier versteckte ich unter meinem Kissen. Mein Bruder fand mich, und ich durfte nicht mehr alleine in unserem Zimmer sein.

Als ich in die Küche kam, stand Vater am Tisch und sang: Noch n Toast, noch n Ei, noch n Kaffee, noch n Brei, etwas Marmelade und noch Konfitü-hü-re. Dazu schlug er die Sahne im Takt. Ich rutschte auf die Bank, er sah mich an, und dann sangen wir zusammen. Auf dem Herd hinter ihm hüpften Eier im Wasser auf und ab. Als die Sahne fest war, reichte er mir den Handrührer. Ich holte die Reste mit Daumen und Zeigefinger von den Eisenstäben. Vater reichte mir die Eieruhr und sagte, ich solle darauf aufpassen. Er ging, um Mutter aus dem Krankenhaus zu holen.

Die Eier waren nur noch lauwarm, als sie wiederkamen. Vater hielt Mutter im Arm. Sie war dünn wie ein Steckenpferd. Wir umarmten uns in der Küchentür.

Meine Süße, sagte sie und küsste meinen Scheitel. Mein Kopf lag auf ihrem weichen Bauch. Dann sah sie den gedeckten Tisch und drehte sich zu Vater um.

Ich darf das doch nicht essen, sagte sie.

Ihr Bauch wurde hart, ich nahm meinen Kopf weg, als hätte jemand darin geschrien.

So ein bisschen Sahne, sagte Vater.

Mutter holte aus ihrem Lederrucksack eine Dose mit Milchpulver. Mit einem kleinen Löffel maß sie etwas von dem Pulver ab und ließ es in den Topf rieseln, in dem Vater zuvor die Eier gekocht hatte. Darin kochte sie ihren Haferbrei. Die Küche roch nach Vanille. Vater tunkte das Ei, das übrig blieb, in die Sahne und schob es sich ganz in den Mund. Er grinste mir über den Tisch hinweg zu und drehte seine Pupillen nach oben. Ich nahm meinen Fotoapparat und drückte auf den Auslöser. Auf dem Foto waren seine Augen so weiß wie das Ei. Mutters Hand lag wie ein alter Handschuh auf dem Tisch neben dem Sahnekrug.

Mutter verriegelte vormittags die Tür zu ihrer Malstube. Mein Bruder und ich hockten davor und heulten. Als sie unser Geheul nicht mehr aushielt, zog sie mit ihren Leinwänden und Farbtuben in ein Künstlerhaus am Bahnhof und arbeitete dort. Die Treppen waren mit bunten Klecksen übersät. Vater und ich standen manchmal für sie Akt. Ich glaubte, das Wort käme von Nackt. Ich musste auf Vaters Schoß sitzen, bis ich anfing zu zittern.

Wir mussten aufpassen, dass Mutter uns nicht davonflog, so leicht wurde sie. Die Ärzte hatten ihr Cortison verschrieben, dadurch schwemmte ihr Gesicht auf.

Wo haben sie dich aufgeschnitten?, wollte ich wissen.

Willst du es wirklich wissen?, fragte Mutter zurück.

Ich stand vor ihr und nickte. Sie zog mit der einen Hand den Saum des Pullovers hoch, mit der anderen Hand den Bund der Hose hinunter. Es sah aus, als hätten sie ihren Bauchnabel verlängert. Aus dem Nabel wurde eine Narbe. Sie sah aus wie eine lange Wurst, rosarot und dick, die sich von dort, wo der Nabel war, dorthin zog, wo ihr die schwarzen Schamhaare aus der Haut sprossen. Mir wurde schlecht, aber ich sah nicht weg, bis der Pullover und die Hose ihren Bauch wieder verdeckten.

Ich sank in das rote Polster des Sessels, meine Hände ruhten auf den geschwungenen Holzlehnen. Mutter stand vor der Leinwand, ihr Blick lag auf dem Bild. Das Bild war schwarz mit gelben Figuren darin. Sie wischte sich die Finger an der Schürze ab und hinterließ dabei Spuren.

Ich will auch malen, sagte ich.

Sie schob mich in dem Sessel zu ihrem Arbeitstisch. Dort kleckste sie Tinte auf ein weißes Papier. Ich richtete mich auf und pustete. Aus dem schwarzen Tintenkörper wuchs ein Stamm, ich pustete weiter, es trieben Äste aus dem Stamm, ich pustete, es kamen Zweige aus den Ästen. Ich pustete und pustete, bis der Baum fertig war. Dann lehnte ich mich zurück und ließ den Schwindel meinen Kopf nehmen.

Vaters Hintern stand nach hinten über den Sattel hinaus, und bei jedem Tritt in die Pedale schwenkte das Rad seitlich mit.

Gut festhalten, du kennst es ja, hatte er gesagt, als er mich auf den Gepäckträger gehoben hatte. Ich hatte genickt, und jetzt tat ich so, als würde ich mich festhalten. Ich hatte Angst, dass die Federn unter dem Sattel meine Finger einquetschen würden. Sie zogen sich bei jedem Pedaltritt unter dem Gewicht von Vater zusammen. Vor dem Kindergarten hob er mich vom Gepäckträger, mein Hintern schmerzte.

Willst du überhaupt noch?, fragte er und sah von oben auf mich herab.

Ich sah über die Mauer in das verglaste Gebäude hinein, sah Kinder spielen, dachte daran, dass jedes dieser Kinder aufsehen würde, wenn Vater und ich einträten und er sagte: Das ist meine Tochter, sie will hier in den Kindergarten gehen.

Ich sah mich selbst rot werden und blickte von unten zu ihm hinauf und schüttelte den Kopf.

Er zwickte die Haut unter meiner Achsel ein, als er mich packte und wieder aufs Rad setzte.

Das hättest du auch daheim schon sagen können!

Auf dem Rückweg wusste ich, wohin mit meinen Fingern: überallhin, nur nicht unter den Sattel.

Mein Bruder und ich teilten uns einen Viererplatz, Mutter und Vater teilten sich den neben uns. Mutter saß in Fahrtichtung und Vater in Gegenfahrtrichtung. Ihre Knie berührten sich in der Mitte, sie hatten die Hände zu einem Knäuel zwischen sich zusammengeschlossen und beugten sich mit langem Rücken zueinander. Ihre Zungen schauten spitz aus ihren Mündern heraus und umkreisten einander. Mein Bruder und ich schrien: Igitt!, und: Nochmal!, lehnten uns vor, wenn die Zungen wieder aus den Mündern wanderten, und ließen uns in die Sitzpolster zurückfallen, wenn sich die Zungen berührten. Die Polster waren hart, ich konnte die Federn unter dem Bezug spüren und beim Zurückfallen wirbelten wir Staub auf, den der Luftzug zum halb geöffneten Fenster hinaussaugte.

Mutter hatte das größte Zimmer im Künstlerhaus. In dem Raum unter ihr malte die Frau des Bürgermeisters. Ihre Haare waren so rot wie die Krawatte ihres Mannes, als er Mutter einmal besuchte.

Die macht doch Hobbymalerei, sagte Mutter.

In dem Raum daneben arbeitete ein Bildhauer. Er hatte eine Narbe quer über seiner Backe. Er baute Skelette aus Holz und Stahl. Die Skelette sahen alle aus wie seine Narbe.

Der säuft wie ein Loch, sagte Mutter.

Im Zimmer neben Mutter war ein Fotograf. Er machte die Bilder für Mutters Kataloge. Mutter sagte nichts über ihn.

Einen Tag vor Mutters 40. Geburtstag ging Vater ins Künstlerhaus, spannte ein Laken über die Tür von Mutters Malraum und legte vorsichtig Luftballons darauf. Er band einen Zipfel des Tuches mit einer Schnur an der Klinke fest und kletterte über das Dach wieder hinaus. Als Mutter am nächsten Tag die Tür öffnete, schwebten die Ballons auf sie nieder. Sie ließ sie liegen, bis sie schrumpelten und auf dem Steinboden kleben blieben.

Wenn ihr Dreck esst, seid ihr selber schuld, sagte Vater.

Mein Loch im Hintern juckte, die Würmer wanden sich in meiner Wurst, als würden sie ausbrechen wollen. Ich zählte sie, bevor ich die Spülung drückte, es waren fünf.

Mutter schüttete aus einer braunen Glasflasche gelben Saft auf einen Plastiklöffel. Ich stand neben meinem Bruder am Küchentisch und wartete, dass mir Mutter die Medizin gab. Sie schob mir das Plastik in den Mund, es war größer als meine Zunge, der Saft verteilte sich sofort und rann meine Kehle hinunter. Mutter zog den Löffel wieder heraus. Etwas von der Medizin lief aus meinem Mund wieder auf den Löffel zurück und meine Lippen zogen Spuren dort hinein.

Sie schob meinem Bruder den Löffel in den Mund, drehte ihre Hand ein wenig und zog ihn wieder heraus. Mein Bruder blies die Backen auf. Seine Lippen zogen sich faltig zusammen, und die Mitte seiner Oberlippe wölbte sich spitz hervor.

Du musst schlucken, sagte Mutter und sah meinen Bruder an. Er schüttelte den Kopf, und ich stellte mir vor, wie die Medizin in seinem Mund warm wurde.

Schluck, sagte Mutter. Mein Bruder starrte Mutter an, dann machte er kehrt und rannte los. Mutter lief ihm hinterher. Sie rannten hinaus in den Hof und kamen wieder zurück, zuerst mein Bruder, dann Mutter. Seine Backen waren immer noch rund und dick, die Lippen hatten sich nach oben gekräuselt, er lachte durch seine Nase, und es klang wie ein Ross. Mutter schnaufte auch, sie streckte ihre Arme aus. Er duckte sich an ihr vorbei, und ihre Hände klatschten im Leeren aufeinander. Ich konnte ihn jetzt über mir durch die Zimmer rennen hören. Mutter war am Treppenansatz stehengeblieben. Ohne nach unten zu blicken, kam er die Stufen wieder hinab und lief dort in ihre Arme. Sie hielt ihn fest, seine Füße zappelten noch, als würden sie weiterlaufen. Schluck, sagte Mutter, und der Kehlkopf meines Bruders bewegte sich erst auf und dann ab, und seine Backen wurden wieder klein.

Mein Bruder kauerte neben mir auf dem Dach des Schuppens, ich hatte einen Notizblock in der einen Hand und einen Stift in der anderen. Er diktierte mir: Herr Herold trinkt aus einer braunen Flasche. Die Tochter sitzt auf seinem Schoß. Die zwei ältesten Söhne sitzen auf den Stufen der Veranda und boxen sich. Frau Her– Achtung, duck dich!

Mein Bruder drückte meinen Kopf nach unten. Aber da hatten uns die Nachbarskinder schon gesehen. Sie schrien, wir rutschten auf den Knien das Schuppendach hinunter und liefen ins Haus und dort in unser Zimmer. Im Zimmer war es dunkel, wir versteckten uns hinter dem Vorhang und lugten abwechselnd aus dem Fenster. Alle vier Kinder der Herolds standen neben dem Hydranten und schrien zu uns herauf:

Feiglinge! Feiglinge!

Mein Bruder öffnete das Fenster und schrie: Hurensöhne!

Ich wusste nicht, was das war, stellte mich aber neben meinen Bruder und schrie auch: Hurensöhne! So laut ich konnte. Da bückte sich der Kleinste von ihnen hinter den Hydranten und hob mit zwei Fingern etwas weißes Eckiges vom Boden auf. Er holte weit aus, so, wie wir es in der Schule im Weitwurf gelernt hatten. Mein Bruder knallte das Fenster zu, dann traf die Packung Fleischsalat die Scheibe. Den Fleischsalat kriegte man oben im Supermarkt. Vater kaufte ihn nur, wenn er heruntergesetzt war, mir schmeckte er nicht. Die vier rannten davon, die fein geschnittenen Fleischstückchen rutschten mit der Mayonnaise Richtung Fensterrahmen und sammelten sich dort.

Als Vater und Mutter von ihrem Spaziergang wiederkamen, fragte Vater: Kann man euch nicht einen Moment alleine lassen?

Wir antworteten nicht.

Mutter holte alte Zeitungen und putzte damit das Fenster.

Mutter bekam vom Bürgermeister einen Preis verliehen. Großvater kam mit seinem neuen Auto, wir fuhren damit zur großen Schule, im Auto roch es nach geschmolzenem Plastik.

Die Türe zur Schule war grün, Vater hielt sie uns auf, aber bevor wir hineingingen, ließ er sie wieder los. Sie fiel mit einem Klicken ins Schloss zurück.

Er sagte: Fast hätte ich etwas vergessen.

Aus seiner Hosentasche zog er eine Fliege aus Plastik.

Naturgetreu nachgemacht, sagte er.

Sie war so groß wie meine Hand, er befestigte sie unter seinem Hemdkragen. Die Flügel der Fliege sahen aus wie ein umgekehrtes Herz und glänzten lila und blau und grün in der Sonne. Dann öffnete Vater die Tür und wir gingen hinein. Die Leute bewunderten Vater. Mutter verschwand hinter der Fliege.

Mutter trug den Kuchen in die Küche. Draußen rüttelte der Wind an die Fensterläden, und Regen schraffierte die Straße vor dem Fenster mit grauen Strichen. Sie stellte den Kuchen auf den Tisch, und Vater stimmte das Lied an. Mir wurde ganz warm.

Als du geboren wurdest, fing Mutter an, gab es draußen einen Sturm, so wie heute.

Ich kannte die Geschichte, sie erzählte sie mir jedes Jahr.

Dein Vater hatte Matratzen in der Stube ausgelegt. Kurz bevor du kamst, musste ich noch einmal pinkeln. Als ich auf dem Klo saß, schaute dein Schopf schon aus mir heraus. Ich musste mich beeilen, wieder auf das Lager zurückzukehren, damit du nicht in die Kloschüssel plumpst. Du warst mein Geschenk an deinen Vater.

Vater schnitt den Kuchen an. Die Hälfte davon hoben wir für seinen Geburtstag am nächsten Tag auf.

Eigentlich hatten sich Vater und Mutter in dem Jahr getrennt, in dem Vater sein Mathematikstudium abgebrochen hatte und mit dem Rad von Deutschland nach Norwegen gefahren war.

Er hatte zu Mutter gesagt: Ich weiß nicht, wann ich wiederkomme.

Sie hatte geantwortet: Wenn das so ist, dann lass dich nie wieder blicken.

Vater war nach eineinhalb Monaten umgekehrt. Er hatte die Fähre nach Dänemark und von dort den Zug genommen, bis nach München, wo seine Eltern lebten. Dort blieb sein Rad drei Wochen lang in der Garage stehen. Der Krebs in der Brust seiner Mutter hatte sich über ihren ganzen Körper verteilt. Als sie starb, hatte er ihre Hand gehalten und danach meine Mutter angerufen. Sie war gekommen, und in der Nacht hatten sie meinen Bruder gemacht.

An ihrem Hochzeitstag trug Mutter ein schwarzes Kleid und Bergstiefel. Das Kleid hatte sie selbst genäht, und die Schuhe brauchte sie, um vom Bauernhof über die Felder in die Stadt zu laufen.

Vater und Mutter waren allein auf dem Standesamt, der Mann hinter dem Schreibtisch fragte zwei Mal nach, ob Vater wirklich Mutters Nachnamen annehmen würde. Er glaubte, sich verhört zu haben. Vater nickte, der Beamte sagte: Bis dass der Tod euch scheidet, weil Mutter den Beamten eine Woche zuvor bei einem Gespräch gebeten hatte, ihre Trauung so zu besiegeln.

Nimm die hier, sagte Vater und hielt mir eine Karotte hin. Ich umschloss sie fest mit den Fingern und schaute zu ihm hoch. Er hielt mir die Küchentür auf, ich wartete im Gang auf ihn und ließ ihn zuerst auf den Speicher gehen. Dort war es warm und still. Die Vormittagssonne zeichnete ein Viereck auf den Boden. Vater holte eine Mäusefalle aus einer Ecke des Raumes, ging in die Knie und spannte sie. Jetzt du, sagte Vater. Ich ging neben ihm in die Hocke und presste die Karotte auf die Falle. Der Bügel schlug zu, und es knallte. Ich spürte den Schlag am Ende der Karotte. Ich zog meine Hand zurück, der Kopf der Karotte flog von uns weg, hüpfte über den Boden und blieb liegen. Vater lachte auf. Wir sahen uns an, die Falten an seinen Augen sahen aus wie Schnurrbarthaare einer Katze.

Und jetzt stell dir das mal mit einer Maus vor, sagte er und stand auf, sein eines Knie knackte dabei. Er ging zu dem geköpften Karottenstück, hob es auf und schob es sich in den Mund.

Hallo Frosch, sagte ich und beugte mich zu dem Kadaver auf die Straße hinunter. Er war nur noch so dünn wie das Blatt eines Baumes. Auch seine Farbe war die von herabgefallenem Laub. Seine Form hatte er nicht verloren. Er sah aus, als würde er gerade von einem Seerosenblatt zum nächsten springen, alle vier Beine von sich gestreckt und am Ende der Beine die Zehen auch. Ich reichte ihm die Hand und hob ihn hoch.

Du gehörst zu meinem Papa, sagte ich.

Der Frosch baumelte mit seinem rechten Bein an meinem Arm. Ich trug ihn zwischen Daumen und Zeigefinger nach Hause.

Die Glocke oberhalb der Tür bimmelte, ich ging direkt vom Flur in die Küche, ohne meine Jacke und meine Schuhe auszuziehen. Vater saß dort am Tisch und schrieb Postkarten. Dafür schnitt er Rechtecke aus alten Kartons aus und beklebte sie dann mit Bildern aus der Zeitung. Ich hielt den Frosch hinter meinem Rücken versteckt, stellte mich direkt vor Vater hin und streckte ihm langsam meine rechte Hand entgegen. Der Frosch baumelte vor seinem Gesicht.

Er hob den Kopf, und etwas in seinen Augen veränderte sich.

Der ist ja toll. Wo hast du den denn gefunden?, sagte er, und die Wärme in seiner Stimme übertrug sich auf meinen Bauch.

Draußen auf der Straße, sagte ich und versuchte, meinen Arm noch länger auszustrecken.

Vater legte den Füller auf den Tisch und nahm mir den Frosch aus den Fingern. Er hielt ihn gegen das Licht des Fensters und kniff seine Augen zusammen.

Ich setzte mich neben ihn auf die Küchenbank und sah zu, wie er den Frosch auf einen Karton legte und ein Rechteck um ihn herum ausschnitt. Er zeichnete mit Bleistift die Umrisse des Frosches auf der Pappe nach und schmierte aus einer Tube gelben Kleber in die Froschform. Vorsichtig drückte er den Kadaver auf den Karton und presste ihn mit der Faust fest, als würde er ihn stempeln. Dann blickte er mich an und wiederholte: Mensch, der ist wirklich toll!, und ich rückte noch ein paar Zentimeter näher an ihn heran.

Vater und ich gingen auf dem Flohmarkt die langen Reihen von Bierbänken ab. Vater suchte nach einem Schulranzen für mich. Nur eine Frau hatte einen unter der Bierbank stehen. Vater griff danach, hob ihn hoch, beschaute ihn von allen Seiten, klappte den Deckel auf und zu, roch daran. Als die Frau den Preis nannte, stellte er ihn wieder auf den Boden.

Er sagte zu mir: Da bekommen wir anderswo etwas Besseres her.

Am Sonntagabend wurde das Zelt für den Flohmarkt abgebaut. Übrig blieb ein großer Schiffscontainer. Dort landeten die Sachen, die die Verkäufer nicht losgeworden waren. Vater nahm mich noch einmal mit auf den Platz, der Container war offen, und Vater stieg hinein. Ich wartete davor. Er kraxelte über das Gerümpel, löste kleine Lawinen aus. Plastik knackste unter seinen schweren Schuhen. Als er schon weit oben auf dem Hügel aus Ramsch und für meine Augen fast ins Halbdunkel verschwunden war, bückte er sich und zog einen Kasten zwischen Stuhlbeinen hervor. Er hielt ihn mit beiden Händen über seinem Kopf und kam wieder zu mir herunter gestiegen.

Unten angekommen, legte er mir einen Schulranzen um die Schultern. Es war nicht der, den die Frau unter ihrem Tisch gehabt hatte. Er war giftgrün, und an seinem Boden klebte brauner Staub. Ich trug ihn auf dem Rücken nach Hause. Die harte Kante des Rückengestells stieß mir bei jedem Schritt ins Steißbein.

Ich malte auf dem Gehsteig mit Straßenmalkreiden. Ich mochte eigentlich keine Straßenmalkreiden: Wenn nur noch ein Stumpen übrig war, schürfte ich mir die Haut an meinen Fingern auf. Einer der Nachbarsjungen stand plötzlich als Schatten neben mir.

Steh auf, sagte er.

Ich stand auf, und er drängte mich an die Hausmauer des Nachbarhauses. Er hatte blonde Haare, auf einen Zentimeter gekürzt, nur über der Stirn vorne waren sie etwas länger und noch heller. Ich hielt seinem Blick stand. Aus seiner Hosentasche zog er ein Messer und klappte es auf. Ich schielte kurz auf die Klinge. Er hielt sie auf Hüfthöhe und dicht an seinen Körper, als hätte er Angst, jemand könne ihn erwischen. Ich zuckte mit den Schultern und grinste. Meine Handflächen waren gegen die Mauer gedrückt, ich spürte, wie sich der grobkörnige Putz in meine Ballen bohrte. Der Nachbarsjunge grinste auch. Er tat einmal so, als würde er damit zustoßen, dann klappte er das Messer zusammen und ließ es in die Tasche zurückgleiten. Er lief die Straße hinunter und verschwand. Ich blickte in unser Fenster und sah mich selbst, ich wollte mich nicht sehen und weitete den Blick. Drinnen saß Mutter am Küchentisch und schaute zu mir heraus. Ich löste mich von der Wand, sie kam mir im Flur entgegen. Sie legte ihre Arme um mich. Ich heulte in ihren Ellenbogen.

Zum Glück ist nichts passiert, sagte sie.

Als seine Familie wegzog, fragte mein Vater den Vater des Nachbarjungen, ob ich sein altes Rad bekäme. Ich bekam es und lernte darauf das Radfahren.

Ich hatte rote Striemen an meinen Oberarmen von den Schwimmflügeln. Vater hatte sie mir ein letztes Mal angezogen, jetzt lagen sie auf den Steinen am Ufer und sahen aus, als wären sie in der Sonne geschmolzen. Das Wasser reichte mir bis zur Hüfte und umfloss mich.

Wie mit Schwimmflügeln, sagte Vater. Er legte seine Hand unter die Wasseroberfläche, und seine Haut wurde grün. Ich beugte mich so weit vor, wie ich konnte, dann wurden meine Füße von der Strömung weggerissen, aber da war schon die große Handfläche, die mich hielt. Ich reckte meinen Kopf in die Luft und streckte alle Glieder von mir. Dann fing ich an, das Wasser vor mir mit meinen Armen zu teilen. Mit den Beinen stieß ich. Mein Bruder saß in ein Handtuch eingewickelt weiter oben am Ufer und spielte mit sich selbst Karten. Egal wie sehr ich das Wasser teilte und stieß, ich kam ihm nicht näher.

Nicht so hastig, sagte Vater und verstärkte den Druck auf meinen Bauch. Ich stellte mir vor, wie ich auf unserem Küchenboden lag, die Hand auf meinem Bauch war der Dielenboden unter mir. Im Strahl der Mittagssonne waberten Staubflocken um mich und ich ruderte durch sie durch. Da platschte es neben mir, ich drehte den Kopf und sah, wie Vater in die Hände klatschte. Ich lachte, dann fühlte ich die Schwere meines eigenen Körpers und dass mich niemand hielt. Ich schluckte Wasser. Vaters Hände packten mich, und ich spürte wieder die Kiesel unter meinen Füßen.

Am Abend war meine Haut schrumpelig, und ich brauchte Vaters Hand nicht mehr unter mir: Er stand dafür weiter unten, und ich schwamm mit der Strömung der Donau auf ihn zu. Mit jedem Schwimmzug, den ich machte, machte er einen Schritt nach hinten. Ich wusste es, aber ich wusste auch, dass der Fluss mich zu ihm tragen würde.

Als ich die Küchentür öffnete, schwappte mir ein süßer Geruch entgegen. Auf dem Tisch stand eine Vase, darin steckten gelbe Tulpen. Vater hatte sie für Mutters Geburtstag besorgt. Mutters Augen glänzten, und in dem Glanz spiegelten sich die Blumen. Zum Frühstück gab es Krapfen, die hatte Vater oben beim Bäcker billiger bekommen, weil sie vom Vortag waren.

Als ich vor der Schule stand, merkte ich, dass in dem Beet vor dem Schulgebäude Tulpen fehlten. Ich ging näher hin. Dort, wo einmal die Stängel aus dem Boden gekommen waren, sah ich nur noch die Schnittflächen, ganz knapp über der Erde.

Ich wollte nicht, dass sie mich von der Schule werfen würden, wenn sie rausbekämen, dass Vater das gewesen war. Ich duckte mich den ganzen Tag hinter meiner Schulbank und blieb auch während der Pause sitzen.

Das war knapp, sagte Vater, und nachdem er den Satz ausgesprochen hatte, grollte der erste Donnerschlag des Gewitters über uns. Wir waren noch an der Donau, als über dem Saum der Bäume schwarze Wolken aufquollen. Innerhalb weniger Minuten hatten sie das Blau des Horizonts überdeckt. Der Wind trieb uns auf den Rädern und hinter uns die Wolken am Himmel Richtung Stadt. Wir konnten die Fahrräder gerade noch in der Kammer im Hinterhof unterstellen, dann begannen die ersten Tropfen auf den Boden zu prasseln.

Mein Bruder und ich liefen durch den dunklen Flur zur Straße hinaus und kauerten uns nebeneinander unter das Vordach. Die Regentropfen zersprangen auf dem Teer, bald war der ganze Bürgersteig schwarz, nur wir saßen auf dem grauen und trockenen Streifen unter dem Dach. Es war warm, ich presste den Rücken gegen die Mauer und spürte durch den Stoff des Hemdes die groben Körner des Putzes. Mein Bruder streckte seine Hand aus und durchbrach damit die Regenwand vor uns. Blitze zuckten über den Häusern, und ich konnte nicht sagen, ob sie aus dem Himmel oder aus den Dächern schossen. Die Härchen auf meinem Arm stellten sich auf, sie berührten die auf dem Arm meines Bruders.

Jetzt sind wir durch unsere Härchen verbunden, dachte ich und konzentrierte mich auf das Kitzeln, das auf meine Haut übertragen wurde. Der Kopf von

Mutter tauchte im Türrahmen auf. Ihre Stimme übertönte das Prasseln des Regens:

Im Hof bildet sich ein See, kommt sofort helfen.

Dann tauchte der Kopf wieder weg. Der Arm meines Bruders streifte meinen, als wir aufstanden, und nahm das Kitzeln mit fort.

Die Blechwannen unter den Regenrohren liefen über, und die Steinplatten des Hofes waren zum Grund eines Sees geworden. Vater hatte begonnen, zwischen den Holzstiegen und der Kammer Sandsäcke auszulegen. Wir bildeten zu viert auf der Treppe eine Kette: Mutter stand oben und grätschte ihre Beine. Sie lud einen Sack in die Hände meines Bruders, ich stand auf der untersten Stufe und hielt ihm die ausgestreckten Arme hin. Er ließ den Sack in meine Armbeugen rollen. Dort lag er wie ein in grünes Leinen eingewickeltes Kind, bis ihn Vater mit beiden Händen packte und auf die anderen Säcke schichtete. Als mir die Mauer bis zu den Schultern und Vater bis zu den Hüften reichte, hörten wir auf. Wir blieben für einen Moment in der Kette stehen und blickten abwechselnd auf den See und auf die Barrikade. Meine Schultern fühlten sich an, als hingen Sandsäcke an ihnen, und auch die anderen ließen die Arme schwer am Körper baumeln. Nur Vater stemmte seine in die Hüften und nickte.

Das hält, sagte er.

Dann standen wir hinter der Barrikade und sahen

dem See beim Wachsen zu. Regentropfen schlugen auf seiner Oberfläche Wellen, und von den Blechwannen lugten nur noch die Ränder als Inselringe aus dem Wasser hervor. Doch, das hält, sagte Vater noch einmal. Er nahm seine Hände aus den Hüften, und wir gingen durch den Flur in die Küche.

Vater stieg in die Wanne, das Wasser gluckste, als er sich setzte. Er wusch sich mit dem Schwamm und rief nach Mutter, sie rubbelte ihm den Rücken. Sie rubbelte stärker, als sie es bei mir getan hatte. Ich saß auf dem Stuhl neben der Wanne und putzte die Zähne.

Vater nahm ihr den Schwamm aus der Hand und rutschte auf den Rücken, das Wasser gluckste noch mehr. Er spreizte die Beine und fuhr sich mit dem Schwamm über sein Geschlecht und dann über sein Loch. Er rief wieder nach Mutter, zog mit seinen Händen die Arschbacken auseinander und fragte: Ist alles sauber?

Sie blickte von oben auf ihn herab, betrachtete Vaters Loch wie eines ihrer Bilder und sagte: Alles sauber.

Ich lag im Bett, die Daunendecke reichte mir bis zum Kinn. Die Bettwäsche hatte mir meine Tante geschenkt. Auf weißem Stoff waren Tupfen, so groß wie Walnüsse, und in Blau, Rot und Gelb gedruckt. Ich zog die Umrisse mit den Fingerspitzen nach. Die Bettwäsche war mit Fusseln übersät. Ich zupfte sie aus und sammelte sie in meiner Handfläche. Jede Fluse war weiß, auch die, die ich von den bunten Walnüssen abzupfte. Ich holte tief Luft, bis sich mein Bauch unter dem Federbett wölbte, und pustete in die Handfläche. Die Flusen tanzten leicht gegen das Licht der Nachttischlampe. Die weiße Zimmertür flog auf und wirbelte den Flockentanz herum. Vater rauschte ins Zimmer, auf seinem Kopf eine Stirnlampe. Er trug eine Unterhose und ein Leinenhemd. Er ging vor meinem Bett in die Hocke und schlug den Teppich davor zurück. Ich schmeckte den trockenen Staub auf der Zunge. Mit einem Zahnstocher begann er, die Ritzen des Bretterbodens auszupulen. Zentimeter für Zentimeter hob er schwarze Klumpen aus Schmutz, Staub und Steinchen heraus. Zwischen dem Dreck befanden sich Kugelkäfer, die versuchten, mit müden Beinen zu fliehen. Vater spießte sie mit dem Zahnstocher auf und ließ sie auf den Boden eines leeren Marmeladenglases fallen. Später würde er Essig darauf gießen.

Wir hatten es warm in der Stube: Ich sah das gelbe Licht der Flammen durch einen kleinen Spalt oberhalb des Türchens flackern. Wir waren von einem langen Spaziergang an der Donau zurück. Vater hatte sich gleich vor den Ofen gekniet, das Türchen geöffnet, mit dem Schüreisen in der Restglut des Nachmittages geschabt und erst Holzspreize, dann Scheite darauf gelegt. Dann hatte er das Türchen wieder geschlossen und die Schublade für die Asche geöffnet. Er war aufgestanden, hatte seine Hände aneinandergerieben, als würde er sie einseifen, die grüne Strickjacke ausgezogen und den gusseisernen Topf mit den Resten vom Mittagessen auf die Herdplatte gestellt. Es war jetzt finster draußen. Mein Bruder und ich setzten uns um den Küchentisch, und Vater stellte Teller vor uns hin. Jeder hatte seinen eigenen: meiner war tief wie ein Suppenteller, der Rand lila und golden verziert. Zwei Fingerbreit unter dem Rand war ein kleiner schwarzer Punkt. Wie ein schwarzes Sandkorn klebte er am Teller fest, und sooft ich auch darüber kratzte, er löste sich nicht. Vater füllte Holundersirup in einen blauen Tonkrug und verdünnte ihn mit Wasser. Ein grober, weißer Schaum türmte sich über den Rand des Kruges. Er schenkte jedem von uns ein Glas ein, und mit einem Löffel hob er eine Portion des Schaums auf die Oberfläche des lilasüßen Wassers. Dann nahm er den Topf von der Ofenplatte. Er fasste die Henkel an, ohne Topflappen zu benutzen. Schnell trug er den Topf zum Tisch, wobei er ihn nach links und nach rechts schwenkte und rief: Wer will noch mal? Wer hat noch nicht?

Mein Bruder kam auf mich zu, er kicherte und sagte: Die Frau des Bürgermeisters trägt nichts drunter.

Mutter zeigte ihre neuen Bilder in der Galerie der Stadt. Sie trug das schwarze Kleid, das sie an ihrer Hochzeit getragen hatte, und ein Glas Sekt in ihrer Hand. Nacheinander krochen mein Bruder und ich auf den Fliesen an den Beinen der Frau des Bürgermeisters vorbei und schauten im richtigen Moment nach oben. Ich sah nur das Fleisch ihrer Oberschenkel, es war hell und hatte viele kleine Adern darin. Mutter hatte auch solche Adern, sie behandelte sie mit Olivenöl.

Am nächsten Tag fand mein Bruder im Straßengraben ein Heft. Er brachte es unter seinem Pullover mit nach Hause und zeigte es mir in unserem Zimmer. Die Seiten glänzten und zeigten viele Frauen und ein paar Männer. Alle waren nackt. Wir standen nebeneinander und schlugen die Seiten um. Auf der letzten saß ein Mann auf der Kante eines Bettes, sein Glied hing zwischen seinen Schenkeln herunter. Es sah rot und abgenutzt aus, als wäre es in die Melkmaschine meines Onkels geraten. Darunter stand: *Georg schlief schon mit 300 Frauen.*

In der Nacht träumte ich, dass Georg an mein Bett kam und mich bat mitzukommen. Wir fuhren in seinem Auto eine Straße entlang und blieben zwischen zwei Dörfern in der Nacht stehen. Er schaltete die

Scheinwerfer aus, stand auf, ging nach hinten, öffnete den Kofferraum und klappte die Sitze zurück. Er bat mich nach hinten, und wir machten es dort. Danach fuhr er mich wieder zurück.

Am nächsten Morgen dachte ich, die anderen sähen mir an, was ich geträumt hatte. Ich schämte mich und aß wenig.

Mein Bruder und ich versuchten es zu machen. Ich stand an die Wand des Badezimmers gedrängt und nackt vor ihm, er hatte seine Hose heruntergelassen und drückte sein Glied gegen meine Scham.

Als Mutter an die Tür klopfte und schrie: Was macht ihr denn da drinnen?, hörten wir auf und gingen aus dem Bad, als wäre nichts gewesen.

Abends kniete ich vor ihm, er versuchte es von hinten.

Auf unserem Speicher standen Glasballons, und in den Glasballons schwamm eine lilarote Flüssigkeit, an den Köpfen der Ballons hingen orange Gummischläuche, und daran klebten Klammern. Aus den Schläuchen tropfte Wein in grüne Flaschen. Wenn ich mit den Fingern über das Gummi fuhr, spürte ich die Risse darin. Es roch säuerlich wie aus dem Mund des Herolds.

Ein Knall zerriss die Stille im Haus, dann hörte ich Vaters Schritte auf der Speichertreppe und dann auf der Treppe nach unten. Mein Bruder und ich sahen uns an und liefen nach unten.

Vater presste sich sein Stofftaschentuch an die Hand. Das Taschentuch trug er sonst in der Hosentasche. Es war blau kariert und zerknittert. Jetzt tränkte die Farbe des Blutes es braun und machte es weich. Er sah uns an, seine Mundwinkel verschwanden in seinem Bart. Dann drehte er sich um und ging mit großen Schritten hinaus. Mein Bruder und ich liefen mit großen Schritten hinterher.

Das Holz der Arzttür war dunkel, Vater stemmte sie auf. Dabei zog er seine Unterlippe nach unten und atmete ein. Ich spürte die Kälte, die er dabei auf seinen Zähnen fühlen musste, auf meinen.

Mein Bruder und ich saßen in der Glasbox im Wartezimmer. Sie war mit bunten Plastikbällen gefüllt. Die Kugeln klebten an meinen Händen und rochen bitter.

Ein Schrei ging durch das Haus, floss durch die vom Holzwurm zerfressenen Holzgeländer, füllte die Ritzen des alten Bodens, mischte sich mit der Kaminzugluft und verflüchtigte sich mit dieser nach draußen. Vater kauerte auf den Fliesen in der Küche und hielt seinen Kopf in den Händen. Mein Bruder klammerte sich an das Bein von Mutter. Niemand rührte sich. Langsam nahm Vater eine Hand vom Kopf, ich sah, wie ein kleines weißes Stück mit abfiel. Er legte die zweite Hand an die Stelle, wo die erste gelegen hatte. Dann hob er den Kopf. Ich hatte Angst vor seinen Augen. Er erhob sich und schwankte. Er ging auf mich zu und öffnete die Hand.

Das hat mir dein Bruder aus dem Schädel gehackt.

Das Stück der Kopfhaut war säuberlich mit den Schneidezähnen abgemeißelt. Es hatte die Form einer Linse, auf beiden Seiten gebogen, ebenmäßig und glatt. Vater kippte die Hand, die weiße Seite mit den schwarzen Haaren purzelte nach unten, die andere Seite lag nun oben. Weiß, mit roten Punkten.

Bis bald, sagte Vater. Er stand vor uns am Küchentisch, zog sich die Mütze tief in die Stirn und streifte die Lederhandschuhe über die Hände.

Ich drehte mich auf der Küchenbank um und sah ihm durch das Fenster nach. Er schwang sich auf das Rad, und sein Rücken verschwand in der Gasse. Es war Herbst, und er fuhr zurück auf den Bauernhof, um für den Winter Holz zu schlagen.

In den Tagen, in denen er weg war, fiel uns das Atmen leichter.

Wann Vater wiederkam, wusste niemand. Oft hatte es schon gefroren, und Eiszapfen teilten seinen Bart in Strähnen. Zwei hingen aus seinen Nasenlöchern. In der Wärme der Küche fing das Eis zu schmelzen an und tropfte auf den Tisch.

Am nächsten Tag kam mein Onkel mit einem Traktor und einem Anhänger voll grober Holzscheite. Er kippte sie auf den Gehsteig vor dem Haus. Das Holz schlug hart auf den Asphalt, und nachdem der Anhänger leer und der Gehsteig voll war, schien es in der Gasse noch stiller zu sein.

Dann fing Vater an, die Holzscheite zu spalten. Das Schlagen der Axt füllte die Luft. Er hatte im Flur Bretter ausgelegt. Wenn die Schubkarre voll war, fuhr er sie auf dem Steg durch den Gang in den Hof. Dort stapelte er das Holz im Schuppen.

Wir spielten: Wenn wir das Schlagen draußen hörten, durften wir auf den Stegen entlanghüpfen. Erst auf einem Bein, dann auf dem anderen. Sobald von draußen kein Geräusch mehr zu hören war, setzten wir uns auf die Stufen der Treppe und warteten, bis Vater die Axt wieder in die Hände genommen hatte. Ich sprang, das Holz unter mir federte, stärker als mein Gewicht es hätte zum Federn bringen können. Ich hob den Blick. Vater kam mir mit der Schubkarre entgegen. Ich hüpfte auf die Fliesen. Der Karren kippte, Vater drehte seine Arme mit, aber da fielen schon die ersten Holzscheite zu Boden. Ich presste mich an die Mauer, um darin zu verschwinden.

Das Gesicht von Vater wurde rot, er kippte den Rest der Ladung auf den Boden, versetzte der Schubkarre einen Stoß, und sie fiel auf das Holz.

Siehst du nicht, dass ich hier arbeite?, zischte es aus seinem Mund, und ich wollte mit Ja antworten, aber mein Mund war so trocken, als hätte ich Putz gefressen.

Vater machte kehrt, und die kleine Glocke über der Haustür klingelte, als er sie hinter sich zuschlug. Bis zum nächsten Tag wirkte die Karre wie ein toter Käfer, der seine Beine in die Luft streckt.

Vater hatte die Bratkartoffeln ohne Zwiebeln gemacht, und ich wusste, dass Mutter wieder Bauchweh hatte. Sie kaute langsam, ihre Mundwinkel wurden feucht von Spucke. Zwischen ihren Augenbrauen war eine Falte. Nach dem Essen legte sie sich auf das Kanapee. Vater bereitete ihr eine Wärmeflasche, deckte sie zu und stellte einen Stuhl hinter die Armlehne. Er setzte sich darauf und fing an, Mutters Kopf zu kraulen. Mutter schloss die Augen. Ich schlich mich aus der Küche. Oben im Zimmer legte ich den Kopf auf die Dielenbretter und lauschte der Stille von unten. Es war eine andere Stille als sonst, ich schlief ein. Als ich aufwachte, juckte der Abdruck der Holzmaserung an meiner Backe. Ich schlich wieder hinunter in die Küche. Das Kanapee war leer, die Decke umgeschlagen und der Stuhl nach hinten gerückt. Ich sah schon das grelle Licht im Krankenhaus, es drückte mich in den Boden. Ich hielt mich an der Seitenlehne des Kanapees fest.

Er ist nur mit ihr spazieren gegangen.

Mein Bruder saß am Küchentisch, ich hatte ihn nicht gesehen.

Mutter lag vier Tage auf dem Kanapee und hielt sich eine Wärmeflasche auf den Bauch. Die Wärmeflasche war in ein Handtuch gewickelt. Neben Mutter stand ein Stuhl, auf der Sitzfläche heißer Tee in einer Kanne. So stellte sie auch uns immer einen Stuhl hin, wenn wir krank waren. Die Falte auf ihrer Stirn wurde immer tiefer, man hätte ein Streichholz darin verschwinden lassen können.

Als sie nach der Taxinummer fragte, sagte Vater: Da hättest du auch früher draufkommen können.

Sie packte ihren kleinen Lederrucksack, und zu viert warteten wir auf dem Kanapee, bis das gelbe Auto vor unserem Haus hielt.

Vater lieh am Tag danach ein Auto aus, und wir fuhren sie besuchen. Er war zu groß für das Auto und duckte sich unter dem Blechdach. Mir hatte er dicke Bücher unter den Hintern geschoben. Nach der Fahrt waren wir weiß im Gesicht.

Mutter schenkte uns Würfelzucker. Wir steckten ihn uns in den Mund. Seine Ecken stießen an das weiche Fleisch des Gaumens, bis er plötzlich süß auf der Zunge zerrann.

Bevor ich ins Bett ginge, solle ich noch etwas essen, ich solle ein Bad nehmen und mir die Zähne putzen. Das hatte mir Vater gesagt, bevor er sich auf sein Rad setzte und zu Mutter ins Krankenhaus fuhr. Er wisse nicht, wann er zurück sei, hatte er gesagt, und die Federn unter dem Sattel hatten geknarzt, als er sich von der Straße abstieß. Es war schon dunkel draußen, aber die goldenen Zeiger der Uhr zeigten erst Nachmittag an. Mein Bruder war in unserem Zimmer. Zu ihm hatte Vater gesagt, er solle Hausaufgaben machen.

Ich setzte mich auf das Kanapee und fing an zu lesen. Nach einer Seite war der große Zeiger der Uhr schon eine halbe Umdrehung weitergewandert. Ich legte das Buch zur Seite und holte Brot, Käse, einen Teller und ein Messer. Das Brot schmeckte nach meiner Spucke. Der Käse schmeckte sauer, und nach einer halben Scheibe Brot war ich satt. Ich aß die andere Hälfte trotzdem. Jeden Bissen kaute ich zehn Mal, bevor ich ihn hinunterschluckte. Ich wusch Teller und Messer unter dem kalten Wasserstrahl im Spülbecken ab und legte sie auf ein Geschirrtuch zum Trocknen. Dann ging ich ins Badezimmer und schaltete dort den Boiler an. Ich setzte mich auf den Badewannenrand und wartete. Vom Badezimmer aus konnte ich in die Küche sehen. Mein Bruder kam in die Küche, als der Boiler klickte. Ich verriegelte die Badezimmertür und ließ Wasser ein. Ich saß in der Wanne und rubbelte mich mit dem Schwamm ab, bis meine Haut ganz rot war. Je öfter ich den Schwamm in das Wasser tunkte, desto mehr schwamm meine Haut in braunen Würsten auf der Oberfläche. Als ich den Stöpsel zog, blieben sie am weißen Porzellan der Wanne hängen. Ich blieb sitzen, bis der letzte Tropfen Wasser mit einem Gurgeln verschwunden war.

Als ich aus dem Bad kam, saß mein Bruder noch genau dort auf dem Kanapee, wo er zuvor gesessen hatte. Ich lief an ihm vorbei und zog mit meinen nassen Haaren eine Spur über die Dielen. An der Küchentür drehte ich mich um und sah ihn an. Aus den Augenwinkeln konnte ich erkennen, dass es sechs Uhr war.

Gute Nacht, sagte ich und lief über die kalten Fliesen im Flur hoch in unser Zimmer.

Kannst du mir helfen?

Meine rechte Hand hielt sich am Türrahmen fest, die andere an der Klinke. So konnte ich mich in die Küche hineinlehnen, ohne sie zu betreten. Vater saß am Tisch. Er schlürfte Tee aus einer Tasse, aus dem Radio kamen Stimmen.

Ich bekomme den Deckel der Truhe nicht auf, sagte ich, weil Vater nichts sagte.

Wieso musst du dich auch jetzt verkleiden?, fragte er zurück und stand auf. Ich löste meine Hand noch rechtzeitig von der Klinke, bevor er die Tür aufriss, und ließ ihn an mir vorbei. Die Stufen flüsterten unter seinen Schritten, ich folgte ihm. Die Truhe stand neben der Treppe an die Wand gerückt, Vater ging davor in die Hocke und löste das rostige Schloss. Mit einer Hand hob er den Deckel an, gab ihm dann einen Stoß und ließ ihn gegen die Wand knallen. Ich konnte den Putz dahinter abbröckeln und auf den Boden rieseln hören. Vater beugte den Kopf über die Truhe, seine Hände zogen einzelne Stücke aus dem Kleiderhaufen hervor. Der Geruch von Schminke stieg mir in die Nase. Vater drehte seinen Kopf langsam von einer Seite zur anderen.

So viel Zeug, sagte er. So viel unbrauchbares Zeug. Wofür braucht man das denn alles?

Ich liebte die Verkleidungstruhe mit ihrem Federschmuck, der mich zu einem Indianerhäuptling machte, mit der schwarzen Perücke, die so nach Parfüm stank, dass sich der Duft tagelang in meiner Nase festsetzte, und mit der goldenen Hose, die meine Tante aus einem alten Vorhang genäht hatte.

Wofür das alles?

Vater drehte seinen Kopf zu mir. Ich zuckte die Schultern. Aus den Augenwinkeln sah ich, wie der Deckel sich von der Wand löste. Die Eisenscharniere klappten langsam ein. Ohne einen Laut bewegte sich der Deckel auf die Truhe zu, als würde er sich von selbst schließen. Mit einem dumpfen Knall stoppte das Holz auf Vaters Kopf. Vater kniete lautlos vor der Truhe. Ich bewegte mich nicht. Nicht einmal mein Herz hörte ich schlagen. Erst als Vater durch ein zischendes Fluchen aus seiner Starre erwachte, traute ich mich, mich zu rühren. Ich fragte, ob ich ihm was helfen könne. Die Wörter schmeckten nach nichts in meinem Mund. Sie wurden mit einem Nein auf mich zurückgeschleudert, und so stand ich einfach da und versuchte, leise zu atmen. Der Deckel hatte eine Kerbe in den Wandputz geschlagen. Das Muster einer alten Tapete schien dahinter hervor.

Meine Haare klebten unter der Mütze vom Schweiß fest, und den Dunst aus meinem Mund schlug der Wind immer wieder gegen mein Gesicht zurück. Der Rauch der Häuser ringsum stieg in das Grau des Himmels. Der Himmel trieb den Rauch wieder auf die Erde und in unsere Nasen. Es hatte geschneit über Nacht, und wir mussten uns erst eine neue Schlittenbahn einfahren. Vater machte die erste Fahrt alleine, er setzte sich auf den Schlitten und stieß mit seinen Füßen in den Boden. Seine Schuhsohlen pressten den Schnee zu kleinen Plätzchen zusammen. Sie landeten links und rechts der Kufen. Der Schlitten verschwand unter Vaters Mantel, Vater musste sich noch ein paar Mal abstoßen, bevor er den steilen Abhang erreichte und der Schlitten von selbst glitt. Er verschwand hinter der Flanke und erst als er unten ankam, geriet er wieder in unser Blickfeld: Mein Bruder und ich waren oben stehengeblieben und warteten, bis Vater den Schlitten wieder zu uns hochgezogen hatte.

Unten bei den Bäumen müsst ihr aufpassen, sagte Vater, als er wieder neben uns stand. Schnee tropfte aus seinem Bart.

Er zog zwei große Plastiktüten aus seiner Manteltasche und fragte: Wer will zuerst? Ich meldete mich, Vater gab meinem Bruder eine Tüte und setzte sich hinter mich auf den Schlitten. Er legte seine Arme um mich und stieß uns ab. Ich roch zuerst nur die Wolle seines Mantels, dann immer mehr den Winter. Feiner

Staub aus Schnee spritzte auf meine Backen, sie schmolzen ihn gleich wieder. In meinem Bauch fing etwas an zu kitzeln, ich musste lachen, und viel zu schnell stoppte Vater den Schlitten kurz vor den Bäumen. Mein Bruder kam auf der Plastiktüte hinterhergerutscht, auch er hatte Schnee und ein Lachen in seinem Gesicht. Zusammen stapften wir den Hügel am Rand wieder hoch.

Alleine, ich will alleine, sagte mein Bruder, nachdem Vater mit jedem von uns einmal gefahren war.

Vater zögerte, dann reichte er meinem Bruder die Zügel des Schlittens. Die Fäustlinge hingen wie Lappen an den Händen meines Bruders, er konnte die Schnur nicht greifen, und sie fiel in den Schnee.

Die Schnur musst du schon festhalten, sagte Vater, und seine Augenbrauen zuckten kurz über der Nasenwurzel zusammen. Mein Bruder sagte nichts, er klaubte die Schnur aus dem Schnee und setzte sich auf den Schlitten. Er musste sich vier Mal abstoßen, ich zählte es, seine Sohlen bildeten keine Plätzchen aus Schnee, dann glitt der Schlitten von alleine, und bald verschwand mein Bruder hinter der Flanke. Wir hörten ihn jauchzen, der Wald vor uns hörte das Jauchzen auch und gab es wieder, dann sah ich meinen Bruder am Fuß des Hanges wieder auftauchen.

Brem-sen!, brüllte Vater.

Brem-sen!, rief der Wald.

Der Schlitten hatte an Fahrt gewonnen. Von oben

sah es aus, als hätte mein Bruder keine Beine, nur sein Rücken und sein Kopf saßen auf dem Schlitten. Mein Bruder raste auf den nächsten Baum zu. Dort fiel er um, als hätte der Baum ihn gefällt. Er blieb als schwarzer Kleiderhaufen im Schnee liegen, jetzt sah man wieder, dass er doch Beine hatte. Sie standen in einem V von seinem Körper weg. Ich lachte erst, aber weder das V noch der Körper bewegte sich.

Das gibt's doch nicht, Scheiße, ich hab doch gesagt, er soll bremsen?

Vater riss mir die Plastiktüte aus der Hand, spannte sie dort über seinen Mantel, wo sein Hintern war, ließ sich rücklings in den Schnee fallen und schlitterte nach unten. Ich lief hinterher, meine Schuhsohlen machten Abdrücke in die Schlittenspur und zerstörten sie. Mein Bruder regte sich und stand langsam auf, als ich in der Mitte des Hügels war und Vater bei ihm unten. Vater sagte etwas, der Wald echote nicht mehr, dann packte er meinen Bruder beim Kragen und schüttelte ihn. Als ich unten ankam, hatte sich Vater schon zum Gehen gewendet. Wir beeilten uns, ihm hinterherzukommen, mein Bruder und ich gingen eng zusammen, unsere Jackenärmel schabten im Takt aneinander. Mein Bruder ließ den Kopf hängen. Bei jedem Schritt, den Vater machte, ruckte der Schlitten vor uns auf der Straße, und das Gemisch aus Schweiß und Schnee und Dunst in meinem Gesicht ließ mich allmählich frieren.

Vater stand am Herd und rührte Haferflocken in einen Topf mit Wasser. Der Löffel schabte über den Boden des Topfes, und weißer Dampf stieg daraus hervor. Draußen und drinnen dämmerte es. Mein Bruder und ich saßen in Anorak und Mütze am Küchentisch. Mir war heiß, und die Wolle meiner Haube kratzte auf meiner Stirn. Vater zog die Ärmel seines Hemdes über die Hände und fasste den Topf an den Henkeln. Er goss den Brei in eine Thermoskanne. Der Brei schwappte mit einem dumpfen Geräusch in die Kanne, und je mehr sie sich füllte, desto leiser wurde das Schwappen. Er schraubte den Verschluss auf die Kanne und hielt sie kopfüber in das Spülbecken. Dann drehte er sich zu uns um.

So, nun können wir los, sagte er.

Das Licht im Krankenhaus war grell. Mutter drehte den Kopf zu uns, als wir eintraten, und richtete sich auf. Ihr Handrücken war mit einem Tropf verkabelt, ich schlüpfte unter dem Schlauch hindurch und setzte mich neben sie auf die Bettkante. Sie hatte den Geruch des Krankenhauses angenommen. Vater holte die Thermoskanne aus seinem Rucksack. Er nahm die weiße Porzellantasse vom Nachttischchen, füllte sie mit Haferbrei und reichte sie Mutter. Auf dem Tablett auf dem Nachttischchen standen zwei Teller. Auf dem einen lagen Kartoffeln, ein Stück Fleisch und ein kleiner Haufen grüner Bohnen. In dem anderen schwammen in gelbem Wasser zwei Birnenhälften. Sie hatten dieselbe Farbe wie die Kartoffeln.

Vater langte mit Daumen und Zeigefinger in das Wasser und reichte erst meinem Bruder und dann mir ein Stück Birne. Dann nahm er das Schälchen in die Hand, setzte es an die Lippen und schlürfte den Saft aus.

Vater trug seinen langen Mantel und bog sich beim Lachen nach hinten. Der Mantel bog sich mit ihm und berührte beim tiefsten Ton seines Gelächters den Schnee. Neben ihm stand Mutters beste Freundin. Mutter hatte sie vom Krankenhaus angerufen und sie gebeten, mit uns zu gehen. Auch sie bog sich beim Lachen nach hinten und warf ihre Haare dabei zurück. Ich trat leise an sie heran, die Zipfel der Plastiktüten standen aus den Manteltaschen meines Vaters. Ich blieb neben ihm stehen und schob meine Hand in seine. Ich wollte ihm die Schlittenschnur entnehmen, er hielt meine Hand fest, blickte erst mich und dann Mutters Freundin an und sagte: Wenn ich die Kinder nicht hätte.

Er blickte wieder zu mir, seine Pupillen waren klein, und in seinen Augen spiegelte sich das Weiß des Himmels und des Schnees.

Kinder sind das Schönste, sagte sie.

Ihre Augen waren grün, ich hatte noch nie so grüne Augen gesehen. Vater ließ meine Hand nicht los. Ich versuchte, mich zu befreien.

Du willst den Schlitten? Sag das doch gleich.

Vater lachte tief und ließ das Seil in meine Wollfäustlinge fallen.

Nimm die hier auch noch mit, sagte er und zog die Plastiktüten aus seinen Manteltaschen.

Die gute alte Plastiktüte, sagte Mutters Freundin.

Sie zwinkerte mir zu, ich drehte mich weg. Vater

klopfte mir noch auf die Schulter, dann stapfte ich zurück zu meinem Bruder.

Ich gab ihm die Schnur, setzte mich auf die Tüte und stieß mich ab. Ich konnte die ganze Fahrt die Augen der Frau nicht vergessen. Unten drehte ich mich zurück, um zu sehen, wo mein Bruder blieb. Mein Blick brauchte nicht lange suchen. Mein Bruder raste mit dem Schlitten auf die Schanze zu, die Beine angezogen, den Kopf nach vorne gerichtet, als wäre er der Einzige auf der Piste. Die Schanze hob ihn und den Schlitten hoch, hob ihn vom Schlitten herunter und beide landeten weit voneinander und von der Schanze entfernt. Mein Bruder blieb wie der Schlitten liegen. Ich sah nach oben zu Vater, er stand neben Mutters Freundin, sein Mantel berührte den Schnee und das Grün ihrer Augen ließ sein Gesicht bis nach unten zu mir leuchten.

Zuerst hatte Mutter eine Entzündung am Darm. Die Entzündung platzte, und alles floss in den Bauch. Die Ärzte schnitten den Bauch auf und ein Stück vom Darm weg, dann nähten sie die Schnittstellen wieder zusammen. Die Narbe zurrte sich immer fester zusammen, bis sie nichts mehr durchließ. Wie der Verschluss bei einem Sack.

Die Ärzte mussten den Bauch wieder aufschneiden, das enge Stück wegnehmen und alles zunähen. Die frische Narbe zurrte sich wieder zusammen, und die Ärzte schnitten auf und nähten zu und schmissen immer mehr von Mutters Eingeweiden in den Abfall.

Ich war stolz, nicht jeder hatte eine Mutter, auf die er aufpassen musste.

Mutter kam aus dem Krankenhaus zurück und hatte schlohweißes Haar. Das machte ihre Augen noch blauer, als sie schon waren. Ich sollte schwarze Farbe in ihre Haare einmassieren, sie hatte extra zwei Packungen auf Vorrat gekauft.

Dann habe ich so schöne Haare wie du, sagte Mutter und umrandete ihren Haaransatz mit Fettcreme.

Die schwarze Farbe blieb lila auf meinen Fingern zurück. Ich ging in den Supermarkt und kaufte mir ein Spray, auf dem Etikett war der Kopf einer blonden Frau. Ich wartete, bis alle schliefen, dann schraubte ich den Sprühkopf ab und kippte mir die Flasche über die Haare.

Vater sagte am nächsten Morgen zu mir: Du und deine Chemiescheiße. Tauch doch das nächste Mal den Kopf in Kuhpisse, das wirkt mindestens genauso.

Mutter unter ihren neuen Haaren sagte nichts.

Der Erdboden war feucht, und aus den Zweigen tropfte das Regenwasser. Vater ging voran, dann mein Bruder, dann Mutter. Ich ging hinter Mutter. Wenn sie umfallen würde, würde ich sie auffangen können. Das war schon einmal passiert, sie war von der Küche in das Badezimmer gelaufen und hatte sich dabei ihr Ohr mit einem Zündholz ausgeputzt. Kurz vor der Badezimmerschwelle war sie einfach umgefallen. Ich hatte sie nicht aufgefangen. Das Zündholz hatte sich in ihr Trommelfell gebohrt. Seitdem war sie auf dem linken Ohr fast taub.

Mutters Haut war blass geworden in den letzten Tagen, Vater hatte gesagt, frische Luft würde ihr sicher guttun. Vater blieb am Wegrand stehen, seine Beine wuchsen wie Stämme aus der Erde. Er deutete mit seinem Finger auf etwas im Moos. Es war eine Unke, wie ein Stein saß sie im Gras.

Eine Kröte!, rief Mutter, als wir bei ihm ankamen.

Vater ließ die Hand sinken.

Über meinen und den Kopf meines Bruders hinweg sah er sie an. Sein Blick fing bei ihren Schuhen an und endete in ihren Augen.

Das ist keine Kröte. Sein Lachen war scharf. Bist du blind, oder was?

Er hörte nicht auf, sie anzustarren, die Luft über meinem Kopf brannte. Die Augen von Mutter wurden nass.

Da musst du nicht heulen, sagte Vater.

Mutter senkte den Kopf. Von der Nasenspitze fiel ein Tropfen in das Moos. Ich blickte zur Unke, aber sie war weg. Sie saß dick in meinem Hals und schmeckte bitter, als ich versuchte, sie hinunterzuschlucken.

Ich spielte mit einer Freundin *Meine Mutter ist krank*. Wir benutzten dazu Zahnstocher, die wir in der Mitte auseinandergebrochen hatten. Ich steckte mir ein halbes Stäbchen zwischen obere und untere Zahnreihe, sodass sich meine Lippen nicht mehr schließen ließen.

–ei–ne -udder ist ch–ank.

Was hat sie denn?

–obus -chon.

Was?

–obus -chon.

Meine Freundin kicherte.

Ich nahm das halbe Stäbchen aus dem Mund und sagte laut: Morbus Crohn.

Wenn ich könnte, würde ich zehn Kinder haben, sagte Mutter. Der Seufzer aus ihrem Mund war lang. Sie konnte nicht, wegen ihres Bauchs. Dafür lud sie zehn Kinder zu uns nach Hause ein: Cousins und Cousinen, die Kinder von Freunden und Bekannten. Die Nachbarskinder.

Wir spielten Verstecken, ich schloss mich auf dem Klo ein, hockte mich auf die Schüssel und zog meine Beine an, damit niemand ihren Schatten durch den Schlitz zwischen Boden und Wand sehen konnte. Draußen rüttelte jemand an der Tür. Dann hörte ich: Die Tür klemmt.

Macht nichts, antwortete die Stimme meiner Mutter, auf dem Klo versteckt sich doch niemand.

Eine Spinne kam aus einem der Löcher in der Wand gekrochen und sah mich mit ihren acht Augen an.

Meine Lippen klebten vom Zucker der Süßigkeiten aufeinander. Ich saß neben Mutter auf dem Sofa in der Wohnung ihrer Freundin, ihre Freundin saß uns gegenüber in einem Sessel. Sie hatte mir eine Puppe und eine Tüte Bonbons geschenkt. Es war meine erste Puppe aus Plastik, sonst hatte Mutter immer die Puppen für mich genäht. Sie trug ein geblümtes Kleid und schloss die Augenlider, wenn ich sie auf meinen Schoß legte.

Mutter und die Freundin lachten und redeten über Dinge, die ich nicht verstand. Die Freundin sah dabei aus wie die Puppe, nur mit Haaren. Sie trug eine Uhr um ihr Handgelenk und drehte ihre Augen immer wieder zur Uhr und die Uhr zu ihren Augen. Als die Zeiger auf vier Uhr zu gingen, strich sie sich eine Strähne aus ihrer Stirn, sah mich an und sagte: So, langsam müsst ihr aber gehen.

Mutter gehorchte, draußen beugte sie sich zu mir herunter, zwinkerte mir zu und sagte: Die bekommt wohl noch Besuch.

Sechs Mal würden wir abbiegen müssen, um nach Hause zu kommen; als wir drei Mal abgebogen waren, blieb Mutter plötzlich stehen und sagte: Ich habe meine Medikamente vergessen, wir müssen noch einmal zurück.

Im Treppenhaus suchte Mutter nach dem Lichtschalter. Sie ging vor mir die Treppe hoch, auf der letzten Stufe vor der Wohnungstür blieb sie plötzlich stehen.

Nein, das gibt es nicht, hörte ich sie murmeln.

Sie drehte sich zu mir um und sagte: Bleib du hier.

Mit beiden Fäusten trommelte sie erst an die Tür, dann öffnete sie sie, als wäre es ihre eigene. Jetzt sah ich die Schuhe von Vater neben dem Fußabstreifer stehen. Das Licht im Flur ging mit einem Klicken aus, nur noch die Wohnung von Mutters Freundin war hell. Mutter stand mit dem Rücken zu mir im Flur, dahinter sah ich Vater aus dem Zimmer kommen, in dem Mutter und ich vorhin gesessen hatten. Er machte ein Gesicht wie ein Esel und ging auf Mutter zu, sie ging rückwärts von ihm weg, bis sie sich umdrehte. Sie stürmte auf mich zu und packte mich an der Hand. Ich konnte mich gar nicht mehr zu Vater umdrehen, Mutter zerrte mich die Stufen hinab. Die Helle draußen blendete mich, Mutter ließ meine Hand nicht los, und ich rannte ihr den ganzen Weg bis nach Hause hinterher.

Zu Hause knallte sie die Tür ins Schloss, ging in die Hocke und zog sich mit beiden Händen an den Haaren.

Geh in dein Zimmer, wimmerte sie.

Als ich mich nicht rührte, schrie sie: Hau ab in dein Zimmer!

Ich lief so schnell ich konnte die Treppe hoch.

Mutter schmiss Teller und Tassen auf den Boden. Ich blieb in meinem Zimmer. Von oben hörte ich, dass

Vater nach Hause kam. Kurz nach ihm kam Mutters Freundin. Ich hörte noch mehr Teller und Tassen auf dem Boden zerspringen. Dann hörte ich die Sirene eines Krankenwagens, ich ging zum Fenster, er blieb vor unserem Haus stehen. Zwei Sanitäter stützten Mutter, sie hatte sich ein Geschirrtuch um ihr Handgelenk gewickelt. Sie nahmen Mutter mit nach Märzhofen, obwohl Mutter schrie, sie sollten sie loslassen. Nach Märzhofen kamen die Verrückten und die, die sich umbringen wollten. Vater holte mich aus meinem Zimmer, und ich sah Blutstropfen auf dem Boden zwischen den Scherben. Er beugte sich zu mir herunter und sagte: Deinem Teller ist nichts passiert.

Am nächsten Tag fuhr Vater mit meinem Bruder und mir zum Bauernhof unseres Onkels. Ich ging jeden Tag mit meinem Cousin zum Misthaufen. Dort steckten wir unsere Arme bis zu den Schultern hinein, um zu sehen, wer es länger aushielt. Vater erwischte uns. Er schob mich ins Haus und dort zum Waschbecken, er seifte seine Hände ein und wusch mich von den Fingerspitzen bis zur Schulter. Ich stand mit dem Bauch an das Waschbecken gedrückt da und hätte fast meine Augen geschlossen, weil seine Hände so weich waren. Ich wollte ihm nicht zeigen, dass ich das schön fand, und starrte geradeaus, bis er fertig war.

Am vierten Abend bei meinem Onkel telefonierte Vater mit Mutter. Mein Bruder und ich saßen daneben auf der Treppe und hörten Mutters Stimme dumpf durch den Hörer. Vater drehte den Hörer nach oben, so, als würde sein Mund über seinem Kopf schweben. Er sagte laut: Hallo? Hallo? Irgendwie ist die Verbindung gerade ganz schlecht. Hallo?

Dann legte er auf und sagte zu uns: Morgen fahren wir wieder heim.

Mutter ließ sich von einem Taxi von Märzhofen nach Hause fahren. Als der Taxifahrer vor dem grünen Haus anhielt und sein Geld verlangte, beugte sich Mutter vor und schob ihm die Zunge in den Hals. Der Fahrer stellte den Motor ab und ließ Mutter machen.

Die Taxirechnung schickte sie an ihre beste Freundin, die nicht mehr ihre beste Freundin war.

Vater half einer alten Frau, das Haus zu räumen, weil ihr Mann gestorben war. Er nahm uns mit zu ihr. Das Haus war groß, dort hätten fünfzehn Menschen wohnen können. Mein Bruder und ich saßen bei der alten Frau auf der Küchenbank und warteten auf Vater. Ich ging ab und zu auf den Speicher, und immer hockte er dort im Staub und hielt irgendein Ding in den Händen. Mittags machte die Frau Bratkartoffeln für uns. Sie ließ sie anbrennen. Die verbrannten Stellen sahen aus wie die Altersflecken im Gesicht der Frau. Mein Bruder schnipste mit dem Zeigefinger die Kartoffelscheiben über den Tellerrand. Sie flogen auf den Holztisch, die roten Fliesen, die hellgrünen Sitzpolster und blieben überall kleben. Mein Bruder und ich kicherten mit vollgestopften Mündern. Die Augenbrauen von Vater stießen auf seiner Nasenwurzel zusammen, er zischte: Benehmt euch jetzt.

Wir schluckten die zerkauten Kartoffeln und unser Lachen.

Drei Tage später bekam ich die Windpocken. Mutter sagte, die hätte ich mir zwischen all den alten Dingern geholt. Sie sagte, die alte Frau sei eine Hexe.

Mutter schnitt aus einem weißen Leintuch ein Rechteck aus, säumte den Rand ein und malte mit ein paar Pinselstrichen und bunter Farbe uns darauf: Vater ist groß und hat einen Bart, Mutter steht neben ihm, sie ist kleiner als er und hat kurze Haare, mein Bruder steht vor Vater, er hat Vaters Hand auf der Schulter, ich stehe neben meinem Bruder und vor Mutter, sie hat ihre Hand auf meiner Schulter. Wir alle haben blaue Augen und rote Apfelbacken.

Die Ärzte entleerten Mutters Bauch. Diesmal schnitten sie nicht wie sonst ein Stück von ihrem Darm weg, sie nahmen ein zweites Leben aus ihrem Unterbauch. Dazu mussten sie den Bauch nicht aufklappen wie ein Buch, sie konnten von unten in sie hineinfassen und das zweite Leben herausnehmen. Sie hinterließen keine Narbe. Weil Mutter schon so viele Narben auf ihrem Bauch hatte, hätte sie das zweite Leben nicht austragen können, sagten sie.

Zwei gesunde Kinder habe ich schon, sagte Mutter. Ich klopfte auf die weiße Bettdecke, auf den darunter liegenden Bauch von Mutter, er hörte sich nicht leer an. Wie hätte das zweite Leben denn geheißen?, fragte ich.

Lukas, sagte sie.

Auf der Familienfahne waren wir zu viert, obwohl wir eigentlich viereinhalb gewesen wären. Sie war mit

Klammern an einem Haselnusszweig festgemacht und stand zusammen mit Geschenkpapierrollen in einem Korb. Das Leintuch war eng um den Zweig gewickelt, man sah uns nicht, man hätte meinen können, die Fahne wäre weiß. Wenn ich ein Geschenk einpacken wollte, holte ich kurz die Fahne hervor und schwenkte sie. Dann wickelte ich das Leintuch wieder fest um den Zweig, steckte ihn zurück und nahm stattdessen ein Geschenkpapier.

Mutter trug unter ihren Fingernägeln Halbmonde aus schwarzer Farbe. Sie malte nur noch Mutter und ein Kind, Mutter und ein Kind, Mutter und ein Kind. Mit einem großen Pinsel wischte sie Mutter und Kind mit Schwarz aus. Dann schabte sie mit einer Spachtel die Farbe wieder weg. Mutter und Kind hinter einem schwarzen Vorhang, Mutter und Kind hinter einem schwarzen Vorhang, Mutter und Kind hinter einem schwarzen Vorhang.

Mutter kaufte sich *Mumm* in einer blauen Flasche. Mutter hinter einem blauen Vorhang.

Geht schon mal vor, ich habe noch etwas vergessen, sagte Vater und machte kehrt. Er hatte die Schnallen seines Rucksacks nicht zugezurrt, und ich hörte sie bei jedem Schritt gegeneinanderschlagen, bis er so weit von uns entfernt war, dass ich mir das Klirren des Metalls nur noch vorstellen konnte. Mutter, mein Bruder und ich waren bei seinen Worten stehen geblieben und hatten uns nach ihm umgedreht.

Dass man nicht ein einziges Mal – ein einziges Mal! – mit dem Menschen normal verreisen kann, sagte Mutter. Wir wandten die Köpfe von Vater zu ihr. Sie sah uns an, als hätte sie nichts gesagt, dann sagte sie: Los, weiter, sonst verpassen wir noch den Zug. Der Herr wird schon nachkommen.

Zu dritt standen wir am Gleis, Mutters linke Hand lag wie eine Kralle auf ihrem Bauch, blaue Adern schimmerten durch die Haut. Ihre Augen sprangen von der Richtung, aus der der Zug kommen sollte, zu der Richtung, aus der Vater kommen sollte. Mein Bruder hüpfte an der weißen Linie am Bahnsteig hin und her. Einen Fuß setzte er links der Linie auf, den anderen rechts. Dabei beugte er seinen Oberkörper nach vorne und wog ihn bei jedem Schritt mit, als würde er Schlittschuh laufen. Die Kiesel unter seinen Fußsohlen knirschten.

Der Zug kam zuerst, dann kam Vater. Als Mutter ihn entdeckte, entdeckte sie auch meinen Bruder.

Weg von der weißen Linie!, schrie sie und zog ihn

am Ärmel zu sich. Die Lokomotive fuhr an uns vorbei. Kurz darauf kamen die Waggons zum Stehen. Kommt, sagte Mutter, ohne noch einen Blick in Vaters Richtung zu werfen. Sie schob uns die Gitterstufen hinauf und stieg schnell hinterher.

Vater hockte wie ein Frosch vor den Müllkübeln unter der Spüle, seine Hände gruben in den Abfällen. Ich schaute ihm vom Kanapee aus zu. Seine Schaufelhände fanden Kartoffelschalen, steckten sie ihm in den Mund, er aß sie.

Ist alles noch gut!, sagte er.

Ist alles noch gut.

Mutter kaufte einen neuen Mülleimer. Eine längliche Box aus Edelstahl. Sie hatte einen Schub, den man nach vorne herausziehen konnte. Der Schub teilte sich in drei Fächer. Der neue Mülleimer war genauso tief wie unsere Spüle. Mutter brachte die alten Müllkübel weg und rückte dafür die Box unter die Spüle.

Vater wusch nach dem Mittagessen ab. Er packte das schmutzige Besteck und ließ es ins Wasser fallen. Schaumflocken segelten auf sein Hemd. Er hatte die Hüfte nach hinten geschoben und den Oberkörper zum Spülbecken gebeugt. Seine Füße steckten in Hausschuhen, er schob sie über den Boden, aber sie fanden keinen Platz, weil die neue Box den Platz wegnahm. Er stieß gegen den neuen Mülleimer. Die Fächer waren noch leer, und es donnerte wie in Mutters Bauch, wenn sie Zwiebeln gegessen hatte.

Es donnerte vier Mal.

Ich kann so hier nicht abwaschen!

Er raufte sich die Haare, und Schaum saß auf seinem Kopf. Unsere Katze lief an seinen Füßen vorbei, es donnerte ein fünftes Mal, sie hüpfte und lief dann schnell aus der Küche.

Ich saß auf dem Kanapee und wünschte mir, ich könnte auch einfach aus der Küche laufen wie die Katze.

Vater hatte geschwiegen, seit ich aus der Schule gekommen war. Ich hatte mich an den Tisch gesetzt und gewartet. Der Tisch war gedeckt. Zuerst war Mutter, dann mein Bruder in die Küche gekommen, sie setzten sich zu mir.

Vater zog die Pfanne über die Herdplatte, und das Eisen knirschte. Er knallte die Salatschüssel auf die Tischplatte, und der Boden der Schüssel leierte auf dem Holz. Er setzte sich, und die Stuhlbeine schrammten über das Holz. Er fuhr mit den Zinken der Gabel über das Porzellan, und der Teller quietschte.

Jeder beugte sich über den Salat in seinem Teller, ich lehnte mich auf der Küchenbank zurück und sagte: Der Salat schmeckt bitter.

Vater hielt im Kauen inne und sah mich über die Schüssel hinweg an.

Er sagte: Ich hab ihn auch von der Kläranlage.

Seine Augen waren herb wie der dunkelgrüne Brei, der sich zwischen seinen Zähnen gesammelt hatte. Ich senkte den Blick und starrte auf den Teller. Der schwarze Punkt auf dem weißen Porzellan starrte zurück.

Ich bremste plötzlich, stellte die Füße auf den Boden, den Vorderreifen quer und schaute nach hinten, als hätte von dort jemand meinen Namen gerufen. Vater hatte angehalten, sein Rad lag in einer Parkbucht auf weißem Schotter. Mein Bruder stand in der Bucht neben seinem Rad. Vater marschierte auf meinen Bruder zu und hob seinen Arm. In der Hand hielt er eine Luftpumpe. Er ließ den Arm einen Augenblick gegen den Himmel gestreckt, das Ventil berührte die Sonne, als wollte er sie aufpumpen. Dann sauste die Pumpe auf meinen Bruder herunter. Ich konnte das dumpfe Schlagen hören. Mein Bruder gab keinen Laut von sich.

Seit Minuten hörte ich, wie mein Bruder mit einem Stift an die Kante des Tisches trommelte, seit Minuten hatte ich nichts mehr in das Rechenheft vor mir schreiben können. Ich wusste, dass er keinen guten Tag in der Schule gehabt hatte: Er hatte seine Schultasche gleich nach dem Nachhausekommen in eine Ecke geschleudert und beim Mittagessen nichts gesagt.

Ich legte mir die Worte zurecht und sprach sie leise aus: Kannst du bitte damit aufhören.

Das Trommeln ging weiter.

Kannst du bitte damit aufhören.

Die Worte waren nun lauter. Ich drehte mich halb um, gerade so weit, dass meine Augenwinkel meinen Bruder erblickten. Er hatte seinen Kopf in meine Richtung gewandt. Mit seiner freien Hand griff er zu einem zweiten Stift und trommelte doppelt. Ich drehte mich wieder zum Fenster, ich wusste, was passierte, würden meine Worte noch lauter werden. Ich versuchte zu schreiben, setzte den Füller auf das Blatt Papier, aber die Tinte an der Feder war schon eingetrocknet und so kratzte ich nur leere Zahlen auf das Weiß. Langsam schob ich den Stuhl nach hinten und stand auf. Das Trommeln wurde lauter, ich ging zum Schreibtisch meines Bruders und griff über seine Schultern nach den Stiften. Er zog seine Hände weg. Links an der Tischkante trommelte er weiter, und seine Augen blitzten mich an.

Hör auf, schrie ich, und da sprang er auf, ließ die Stifte fallen und benutzte nun seine Fäuste als Stifte und mich als Tisch.

Wir saßen im Hof auf der Veranda, die Blätter des Apfelbaums warfen durch das Plastikdach über uns kleine Schatten auf den Tisch. Mutter stand am Tisch und pellte heiße Kartoffeln für mich. Ich piekte die Gabel in meine nackten Oberschenkel. Mein Bruder saß neben mir, auch er griff nach seiner Gabel. Er bewegte seinen Arm schnell und stach in die Seite meines Schenkels, dort, wo das Fleisch zusammengepresst auf der Bank lag. Ich ließ mir nichts anmerken und wischte über die Stelle, als hätte dort eine Fliege gesessen. Dabei sah ich zu Vater. Er hatte die große Salatschüssel auf seinem Teller stehen und aß mit einem Löffel die vom Essig weich gewordenen Blätter. Mein Bruder nahm mit der Gabel eine Kartoffel aus dem Topf und begann sie zu pellen. Mutter legte mir eine Kartoffel auf den Teller, ich zerteilte sie mit der Gabel, und Dampf stieg auf. Mein Bruder hatte seine Kartoffel auch fertig geschält, wieder bewegte sich sein Arm schnell, und die Kartoffel presste sich an die gleiche Stelle wie zuvor. Es dauerte einen Moment, bis der Hitzeschmerz von meinem Bein in meinen Kopf gedrungen war, ich schrie laut auf und drückte die Kartoffel weg. Sie kullerte aus der Hand meines Bruders unter den Tisch. Dreck blieb an ihr kleben. Sie blieb vor Vaters Füßen liegen, die Gabel steckte noch in ihr.

Was soll das?

Mutters Stimme war laut. Ich duckte mich.

Vater schob die Schüssel von sich weg, langte mit einer Hand unter den Tisch und hob den Kartoffelspieß auf. Mit der anderen packte er meinen Bruder am Kragen und hob ihn von der Bank hoch. Es war eng zwischen Tisch und Bank, Vaters Schenkel stießen gegen die Tischkante und das Wasser in meinem Glas schwappte über. Er zerrte meinen Bruder hinaus in den Hof. Dort blieb er mit ihm stehen. Mutter hatte das Kartoffelmesser sinken lassen, an der Schneide klebte braune Haut. Vater drückte meinem Bruder die Gabel mit der Kartoffel in die Hand.

Hier, dein Mittagessen.

Dann schubste er ihn Richtung Hoftür. Mein Bruder stolperte über die Steinplatten, fing sich wieder und schlich davon. Ich wäre am liebsten hinterhergeschlichen, aber ich blieb sitzen und wartete, bis der rote Fleck auf meinem Schenkel wieder zu brauner Haut mit Sommersprossen wurde.

Mutter stand vor der Anrichte und goss Öl über den Salat. Vater kam in die Küche, auch an seinen Händen hatte er Öl vom Flicken des Rads.

Kannst du bitte den Tisch decken, sagte Mutter.

Lass mich doch erst mal Hände waschen, sagte Vater und blieb stehen. Mutter schwieg, und Vater drehte sich langsam zu ihr, langte dann nach der Schranktür und öffnete sie schnell. Die Kante schlug gegen Mutters Stirn, Au!, schrie sie und warf mit ihren Stahlaugen einen Blick auf ihn. Ich sah kurz zu meinem Bruder, dann sahen wir beide weg. Vater nahm unsere Teller aus dem Schrank und stellte sie vor uns hin. Am Tellerrand klebte der Abdruck seiner Finger.

Bist du zufrieden?, fragte Vater Mutter.

Die Luft war dick und glibberig wie das Benzin an den Händen meines Bruders, nachdem er sie in den alten Kanister des Nachbarn Wanz getaucht hatte.

Ich hielt den Hamster meiner Cousine in der linken Hand, seine Schnauze zeigte von mir weg, sein Hintern war auf der Höhe meiner Stirn. Zwischen Daumen und Zeigefinger der rechten Hand rollte ich einen Zahnstocher. Ich hatte ihn mir nach dem Frühstück aus dem Bad geholt, und nun führte ich langsam die Spitze zu Stups' Loch. Die Haut um sein Loch war hellrosa, und als der Zahnstocher sie berührte, zuckte sie zusammen. Ich zog den Holzspieß wieder weg und sah mich um, obwohl ich wusste, dass ich alleine war: Mein Bruder war über das Wochenende mit meiner Tante und meiner Cousine auf den Bauernhof unseres Onkels gefahren, und Vater saß unter mir in der Küche und hörte Radio. Ich konnte die Stimmen von unten hören. Ich drückte den Zahnstocher fester zwischen meinen Fingern zusammen. Diesmal traf die Spitze genau in die Mitte des Lochs. Ich stocherte darin herum, mal verschwand der Zahnstocher fast ganz im Hamster, mal nur die Spitze. Stups wand sich zwischen meinen Fingern, ich hielt ihn fest. Runde, braune Erbsen kugelten plötzlich über die Kante meiner Hand und plumpsten auf den Boden. Der Hamster quiekte, und ich ließ ihn in seinen Karton zurückfallen. Den Zahnstocher schmiss ich in den Mülleimer neben meinem Schreibtisch. Dort lag er, als hätte ich mir damit die Reste des Frühstücks zwischen den Zähnen hervorgepult.

Ich gehe nach Stups schauen, sagte ich zu Vater und ging hoch in unser Zimmer. Ich sah den Hamster schon aus seinem Häuschen kriechen. Als ich mich über den Karton beugte, merkte ich, dass er im Kriechen erstarrt war. Halb hing sein Körper aus dem runden Loch der Schuhschachtel, halb steckte er noch darin. Seine Augen waren mit Eiter verquollen und sein Mund stand leicht offen. Die Zähne waren so weiß wie der Eiter und so klein wie Sandkörner. Mein Magen zog sich unter meinem schlechten Gewissen zusammen und wollte das Frühstücksbrot wieder auswerfen. Ich schluckte und schluckte, die Spucke war heiß. Eine Weile kniete ich vor dem Karton, dann ging ich wieder hinunter in die Küche und blieb den restlichen Tag dort. Am Abend brachten meine Tante und meine Cousine meinen Bruder zurück. Meine Cousine ging sofort in unser Zimmer. Sie kam mit dem Knäuel in der Hand wieder heraus.

Vater sagte: Nie wieder kommt mir so ein Viech ins Haus.

Wir beerdigten Stups in seinem Schuhkarton im Wald. Meine Cousine bekam einen neuen Hamster, sie taufte ihn Stups Zwei, ich durfte ihn nie wieder hüten.

Siehst du denn nicht, dass die Kinder getrennte Zimmer brauchen? Will das nicht in deinen Schädel passen?

Mutters Augen waren so finster wie der Himmel draußen. Bis jetzt hatte niemand etwas gesagt. Vater hatte die Nudeln in der Pfanne anbrennen lassen, und in der ganzen Küche roch es nach Rauch. Ich betrachtete die Knie meines Bruders unter dem Tisch, sie waren spitzer als meine.

Kinder!

Mutter sah mich an.

Wollt ihr eigene Zimmer?

Vater sah mich an.

Ich sah unsere vier Kniepaare unter dem Tisch an. Die Nudeln brannten in meinem Magen weiter und weiter, bis nichts mehr da und ich innen nur noch schwarz war.

Vaters Augen wanderten mein Gesicht auf und ab, dann sagte er: Also, Akne hast du ja schon.

Ich lief gleich zum Supermarkt und stand dort lange vor dem Regal mit den Gesichtsmasken. Es gab keine für Kinder. Also nahm ich eine für erwachsene Haut. Mit Salz vom Toten Meer gegen Pickel. Ich ging zu der Verkäuferin und fragte, ob ich die auch benutzen könne.

Sie sah mich über den Rand ihrer Brille an und sagte: Wieso brauchst du das denn? Du hast keinen einzigen Pickel.

Ich nahm ihr die Packung aus der Hand und ging zur Kasse.

Ich hörte meinen Bruder mit sich selbst. Ich wusste, er versuchte, es leise zu machen, aber seine Hand rieb an der Bettdecke, zuerst langsam, dann immer schneller, bis ein Geräusch kam, als würde er ein Niesen unterdrücken. Ich lag mit geschlossenen Augen im Bett, mein Herz klopfte gegen die Brust. In den Balken über mir knackte es. Dann hörte ich unten die Küchentür zuschlagen, und das Spiel ging los: Erst schrie Mutter, dann Vater, dann Mutter. Wer zuletzt aufhörte, hatte gewonnen. Ich lag lange wach, Mutter gewann.

Du musst umbauen! Du musst umbauen! Du musst umbauen!

Mutter hatte keine anderen Worte mehr für Vater. Er blickte gar nicht mehr auf, wenn sie Luft holte, um wieder von vorne anzufangen.

Mutter raffte eines Abends ihre Decke und ihr Kissen zusammen und trug das Paket in die Küche. Ab diesem Abend schlief sie auf dem Kanapee. Am Morgen brachte sie alles wieder zurück in Vaters Zimmer. Nur der Wecker blieb in dem Holzregal über dem Kanapee stehen. Es war ein FC Bayern-Wecker, den Mutter meinem Vater zum Geburtstag geschenkt hatte. Klingelt er, springen unter dem Uhrenblatt zwei Türchen auf und geben die Sicht frei auf Plastikfußballspieler, so klein wie Zinnsoldaten. Dazu tönt ein *Oleee, Olee, Olee, Oleee* aus Miniaturlautsprechern. Der Wecker steht heute noch immer auf der Anrichte im grünen Haus.

Vater fing den Umbau an. Er sägte ein Loch in den Boden von Mutters alter Malstube und baute vom Flur eine Treppe hinauf. Unser Gang hatte nun zwei Treppen, wie in einem Kaufhaus. Er isolierte den Speicher mit Papierschnipseln. Sie verfingen sich in seinem Bart. Den Speicherboden legte er mit hellen Brettern aus und strich die Wände weiß. Wenn ich auf dem neuen Boden saß und nach draußen blickte, sah ich nur das Grün der Eiche. Mein Bruder zog in den Speicher. Ich blieb in unserem Zimmer. Später sollte ich das Zimmer bekommen, das jetzt noch keines war. Es bestand bis jetzt aus Dachbalken, unter denen man in die alte Waschküche blicken konnte, und der Wind zog durch die Bretter rein.

Mutter schrie: Das muss schneller gehen! Bestell doch Bauarbeiter her!

Daraufhin verschwand Vater für eine Woche, und in diesen sieben Tagen hingen Mutters Mundwinkel immer am tiefsten Punkt. In meinem Bauch wurde etwas immer dunkler.

Einen Tag nachdem Vater wieder da war, kam ein Bauarbeiter. Er hieß Leberknecht und blieb eine Woche. Am letzten Tag hatte er Durchfall und spritzte die Schüssel voll. Ich musste nach ihm auf das Klo und putzte seine Spuren weg, damit niemand dachte, ich sei es gewesen. Am Mittagstisch konnte ich ihm nicht in die Augen sehen.

Ich nahm mir ein Handtuch aus dem Schrank im Flur und ging zurück in mein Zimmer. Dort saß ich auf der Kante meines Bettes und wartete. Das Handtuch legte ich über den Schoß, und die Hände presste ich zwischen die Schenkel. Um ins Badezimmer zu gelangen, musste ich durch die Küche, doch aus der drang Geschrei, sodass ich glauben konnte, die Kugelkäfer flüchteten aus den Dielenritzen. Ich stellte mir meinen Bruder in seinem Zimmer vor; sicher saß auch er da, zu starr, um etwas zu machen. Eine Lähmung war zu uns in die Zimmer gekrochen.

Die Lähmung zerriss mir den Bauch. Ich stand auf und ging zur Zimmertür. Meine Hände brannten, das Handtuch hatte durch den Druck meiner Schenkel feine Poren in meine Haut gepresst, wie bei der Unterseite eines Röhrenpilzes. Im Flur blieb ich stehen. Ich wartete und lauschte. Bevor ich losging, holte ich tief Luft.

Als ich in die Küche kam, saß Vater am Tisch und Mutter stand am Ofen und rührte mit einem Löffel in einem Topf. Beide hatten rote Köpfe.

Mutter kreischte: Taugenichts!

Vater brüllte: Hängebauchschwein!

Ich wurde innen ganz rot.

Hört endlich auf!, brüllte ich.

Die Spucke flog in hohem Bogen aus meinem Mund und landete ein paar Schritte weiter auf den Dielen.

Vater starrte auf die Faserung des Holztisches. Mutter rührte, das Metall des Löffels schabte an das Metall des Topfes. Sie hatte ihre Zunge über die Oberlippe geschoben, auf der Unterseite der Zunge traten zwei blaue Adern hervor.

Das Rot in mir war größer, als ich dachte. Ich schrie vom Hell- bis zum Dunkelrot. Als keine Stimme mehr kam, ließ ich mich in die harte Federung des Kanapees fallen und schlug das Handtuch vor mein Gesicht. Dort blieb ich liegen, bis mein Bruder kam und mich in den Arm nahm.

Vater hatte sich beim Heben eines Balkens einen Nerv im Rücken eingeklemmt. Er ging die zwei Kilometer ins Krankenhaus zu Fuß. Von dort aus rief er an und sagte mir die Zimmernummer. Ich wusste, wo das Zimmer lag, Mutter hatte auch schon darin gelegen. Er lag im gleichen Bett, aber er lag anders darin als Mutter. Mutter lag immer bis zum Kinn eingepackt und sah aus, als wollte sie das Bett nie mehr verlassen. Wenn sie es verließ, zog sie einen Tropf hinter sich her. Vater lag angezogen auf der Decke, so als würde er gleich wieder aufstehen. Vater aß seine Portion und die seines Bettnachbarn. Danach sagte er: So ein Fraß, und legte sich mit der Hand im Hosenbund hin.

Vater und Mutter schrien. Erst schrie sie, dann schrie er, dann schrien sie zusammen. Ich hielt mir die Ohren zu und hörte sie durch meine Handinnenflächen. Ich steckte mir die Zeigefinger in die Ohren und hörte sie durch die Fingerspitzen. Ich ging in den Speicher und hörte sie durch die Wände. Ich ging in den Hof und hörte sie durch die Hausmauer. Im Schuppen durch die Bretter, im Apfelbaum durch die Äste.

Ich brachte mir selbst bei, nicht hinzuhören. Mutter fragte mich am nächsten Tag beim Frühstück, ob ich ihr die Butter reichen könnte. Ich hörte sie nicht, und da schrie sie zur Decke: Sind denn nun alle taub geworden in diesem gottverdammten Dreckshaus!?

Vater wünschte sich weg. Auf die Lofoten oder in den Tod; dorthin, wo es kalt war. Wenn Mutter ihm sagte, sie würde ihn verlassen, sagte er: Das traust du dich nicht, ich bringe mich sonst um.

Mutter wünschte sich weg und ging ins Krankenhaus. Sie ließ sich sogar dorthin fahren, von einem Taxi, von einem Krankenwagen. Sie wollte dorthin, wo es warm war, wollte warme Hühnersuppe trinken und sich von warmen Ärztehänden befühlen lassen.

Im grünen Haus wurde es still und stiller. Wir schwiegen uns an. Ich schluckte die Worte und wurde dick und dicker. Dabei wurde ich immer dünner. Vater kam abends zu mir ans Bett, umschloss mein Handgelenk mit seinen Fingern und sagte: Kind, du musst mehr essen.

Mutter stand mitten in der Küche, als ich hereinkam. Sie hob den Blick, als sie die Klinke hörte, und krempelte schnell den Ärmel ihres Pullovers über den Oberarm zurück zum Ellenbogen.

Was machst du?, fragte ich.

Mutter sah mich an und lächelte halb. Dann schob sie mit der rechten Hand den Ärmel des Pullovers wieder hoch, fast bis zur Schulter. Auf dem Oberarm prangte ein lila Mal, so groß wie ein Ei. Außerhalb des Lilas schimmerte die Haut gelb und grün.

Dein Vater hat mich durch den halben Hof gezerrt, sagte sie.

Er hat mich angeschrien und angespuckt. Als würde er mich damit zum Reden kriegen.

Mutter lachte einmal laut und kurz.

Ihr Lachen stach in meinen Bauch.

Ich zählte die Tage, seit sich Mutter und Vater anschwiegen. Es waren jetzt 256. Ich hatte dafür aus Vaters Bücherregal ein dickes Buch genommen und für jeden Tag eine Seite herausgerissen. Die zwei Buchdeckel klapperten aufeinander wie der Schnabel eines Storches.

Ich nahm die spitze Schere aus dem Nähkästchen meiner Mutter.

Vielleicht reden meine Eltern wieder miteinander, wenn sie mich zum Arzt bringen müssen, dachte ich. Ich schloss meine Augen und zog mit dem linken Daumen und Zeigefinger die Haut des Lids so weit vom Auge weg, wie es ging. Das Auge schmatzte. Mit der rechten Hand hielt ich die Spitzen der Schere an die Haut. Die Klingen waren kalt, mir wurde schlecht, schon daran zu denken. Vier Mal musste ich so tun, als würde ich schneiden, dann traute ich mich. Der Schnitt brannte, kurz darauf lief Blut warm vom Lid über meine Wange, es verklebte die Welt vor mir. Ich atmete scharf ein, streifte die Klingen an meinem Hosenbein ab und legte die Schere zurück. Mit einer Hand vor meinem Auge lief ich die Treppe hinab.

Vater stand im Bad am Waschbecken und wusch sich die Hände.

Wo ist Mama?, fragte ich.

Du fragst mich Sachen. Woher soll ich das wissen.

Wir sahen uns über den Spiegel an, dann drehte er sich zu mir um, Blut tropfte von meinem Kiefer.

Scheiße, was hast du gemacht?

Er packte mein Handgelenk und nahm die Hand vom Gesicht weg. Ich starrte auf seine Mundwinkel. Sie waren jetzt nicht mehr so weit unten wie davor.

Er zog mich am Handgelenk zum Waschbecken und drückte meinen Kopf unter das laufende Wasser.

Das Wasser war heiß. Vater hielt meinen Kopf fest wie einen Ball.

Dann tupfte er mit einem Handtuch mein Auge trocken. Dabei zogen sich seine Mundwinkel wieder dorthin, wo sie vorher waren.

Es blieb eine kleine Narbe, wenn mich jemand danach fragte, sagte ich: Ich bin beim Fangen-Spielen mit meinem Bruder in einen Ast gerannt.

Es war Silvester und der 547. Tag. Wir saßen zu dritt am Küchentisch und sahen nach draußen in die Dunkelheit. Vater war vor zwei Tagen mit seinem Rad weggefahren, niemand wusste, wohin. Vielleicht würde er heute wiederkommen. Ich traute mich nicht, mich selbst im Fenster zu betrachten, ich sah immer nur die anderen an, und wenn sie es bemerkten, blickte ich weg. Um zwölf ging das Feuerwerk los, unsere Katze verkroch sich unter dem Kanapee, wir wünschten uns ein frohes neues Jahr und gingen danach ins Bett. Mein Laken fühlte sich nass an, so kalt war es.

Mutter sagte zu mir: Dein Vater verschwendet mein ganzes Geld.

Sie hatte angefangen, das Geld, das sie mit den Bildern verdiente, zwischen den Seiten ihrer Kunstbücher zu verstecken. Immer auf der Seite 100, bis sie genügend zusammenhatte, um sich zu trennen. Das dauerte zehn Jahre.

Mutter schenkte sich die Trennung zu ihrem 46. Geburtstag.

Vater verlor seinen Kopf.

Ich heulte.

Mein Bruder wurde zu einer Statue.

In den Tagen nach Mutters Geburtstag versuchte Vater, Mutter umzustimmen. Er wollte sie zum Essen einladen, brachte ihr Marzipan nach Hause.

Lass mich, sagte Mutter. Du kannst dir nicht vorstellen, wie lange ich das schon wollte.

In den Monaten nach Mutters Geburtstag wechselten sich die beiden ab: Einmal war Vater, einmal war Mutter zu Hause. Wenn Mutter da war, ging Vater auf Skitouren und kam mit braunem Gesicht zurück. Von seinen Augenwinkeln bis zu seinen Schläfen zogen sich weiße Schnurrbarthaare. Wenn Vater da war, wohnte Mutter im Künstlerhaus. Wenn sie wieder nach Hause kam, stieg sie zuerst in die Wanne, das Künstlerhaus hatte keine Dusche.

Mutter hatte einen Termin mit einer Frau vom Jugendamt vereinbart. Die Frau wollte mit jedem einzeln reden. Ich wartete in meinem Zimmer. Als sie an die Tür klopfte, saß ich am Schreibtisch und zeichnete. Sie schloss die Tür hinter sich und kam auf mich zu, sie hatte ein Klemmbrett dabei. Sie setzte sich auf die Kante meines Bettes und legte das Klemmbrett auf den Schoß, dann schleuderte sie mit ihrer rechten Hand die Haare hinter die Schultern und sah mich an. Die Haare waren in der Mitte genau gescheitelt.

Ich brauche deine Entscheidung, sagte sie.

Sie nahm das Klemmbrett hoch, es lag nun auf der linken Hand. Die Finger der Hand waren weit gespreizt. Ich schluckte, und es klang laut.

Ich gehe mit Mutter mit, sagte ich schnell. Aber ich möchte jedes zweite Wochenende Vater besuchen.

Als sie den Kopf neigte, um zu schreiben, rutschte der Haarvorhang über ihre Schulter. Nachdem sie die Tür wieder hinter sich geschlossen hatte, saß ich da, bis mir die Beine eingeschlafen waren.

Mutter, mein Bruder und ich schauten das neue Haus an. Das neue Haus war gelb und hatte eine gepflasterte Einfahrt. Mutter besaß schon einen Schlüssel, als hätte sie nie einen anderen besessen. Die Fliesen im Flur des gelben Hauses waren weiß und kalt. Es roch nach nichts. Eine Freundin von Mutter kam dazu. Schon im Gang rief sie: Ist das schön!

Ihre Stimme hallte. Ich schwieg.

Auf dem Weg vom gelben ins grüne Haus legte Mutter den Arm um mich.

Es wird schöner, sobald wir eingezogen sind, sagte sie.

Jetzt wisst ihr ja, wie das neue Haus aussieht. Überlegt euch, welches Zimmer ihr wollt, sagte Mutter am Tag darauf.

Sie nahm das kleine neben der Haustür. Übrig blieben zwei Räume, einer war groß, der andere klein. Sie teilten sich einen Balkon. Mein Bruder und ich redeten im grünen Haus nicht über die Zimmer. Ich glaube, er wollte nichts von dem gelben Haus in das grüne tragen. Ich wollte ihm einen Gefallen tun und entschied mich für das kleine Zimmer. Ich klopfte an seiner Tür, hörte ein Ja und öffnete sie einen Spalt breit. Mein Bruder saß an seinem Schreibtisch.

Ich sagte: Ich habe es mir überlegt, du kannst das größere Zimmer haben.

Mein Bruder saß da und starrte in das Kugellicht

seiner Schreibtischlampe, als hätte ich nichts gesagt. Ich wartete einen Moment, dann öffnete ich die Tür ganz, ich wusste nicht, ob ich weiter eintreten sollte oder nicht. Da entdeckte ich Vater, der auf dem Bett in der Ecke saß, er hielt ein Buch in seinen Händen und ließ es in seinen Schoß sinken. Er sah mich an, ich sah zurück, und es tat weh.

Jahre später sagte mir Vater, dass er durch diesen Türspalt von unserem Auszug erfahren hat.

Es war der Erste des Monats und der letzte Schultag. Vater hatte gesagt, er wolle nicht zusehen. Sein Fahrrad stand schon vor dem Haus, er hatte es über Nacht stehen lassen. Er wartete draußen, ich schob mein Rad vom Hinterhof durch den dämmrigen Gang hinaus auf die Straße. Dann standen wir nebeneinander auf dem Bürgersteig vor der Haustür. Ich riss von dem zerschürften Gummi an den Griffen meines Rads Fetzen ab und ließ sie auf den Asphalt fallen, er starrte auf den Hydranten auf der Straßenseite gegenüber. Seine Füße steckten in Birkenstocks, das weiße Leder war grau und rissig. Wir hoben beide den Kopf, sahen uns an, ich konnte ihm nicht in die Augen sehen. Ich fixierte stattdessen eines seiner Augenbrauenhaare, das sich nach unten gekräuselt und in seinem Wimpernkranz verfangen hatte. Ich wartete darauf, dass er blinzelte, dass sich das Haar mit dem Lid mitbewegte. Er blinzelte nicht. Er hob seine Schultern und ließ sie wieder fallen.

Bis dann, sagte er.

Ich wusste nicht, ob ich ihn noch einmal anfassen sollte. Aber er hatte sich schon auf den Sattel gesetzt und seinen Fuß auf das Pedal gestellt.

Bis bald, sagte ich.

Dann stieß er sich vom Boden ab. Er rollte den schmalen Gehsteig hinab bis dort, wo der Randstein auf die Höhe der Straße angepasst war, trat in die Pedale und bog auf der Kreuzung unten am Hang ab.

Als ich mit meinem Zeugnis wieder heimkam, stand ein großer Umzugslaster vor dem Haus. Er war halb auf der Straße, halb auf dem Gehsteig geparkt, seine Flügeltüren standen weit offen. Zwei Bekannte von Mutter waren gekommen, um zu helfen. Der Bauch des Lasters war schon voll. Ich wartete vor dem Haus, ohne noch einmal hineinzugehen. Mein Bruder nahm mein Rad und hievte es in den Innenraum. Mit den Schultern drückte er es gegen die Umzugskisten, die Hörner an meinem Lenker dellten den Karton ein.

Ich stellte mir vor, wie Vater abends heimkam: Er würde sein Rad den Gehsteig hochschieben und es dann an die Hausmauer lehnen. Er würde die Haustür öffnen, die kleine Glocke oberhalb der Tür würde bimmeln und ankündigen, dass er eintrat. Niemand würde mehr da sein.

Jemand schlug die hinteren Türen des Lasters zu, Mutter schloss die Haustür. Sie stand da und atmete einmal tief durch. Ich drehte mich um und kletterte auf den Beifahrersitz. Mein Bruder gab mir den Katzenkorb, ich presste ihn auf meine Schenkel und wartete, bis wir losfahren würden. Die Katze miaute die ganze Fahrt.

Für das gelbe Haus kaufte Mutter sich einen großen Schrank. Ihr Bruder kam und baute ihn zusammen. Mutter stopfte ihre schwarzen Kleider in Säcke, und mein Onkel fuhr sie mit dem Auto zur Sammelstelle. Mutter füllte den Schrank grün auf. Mein Onkel hatte den Schrank falsch zusammengebaut, und eine Tür hing schief wie die Seite eines gelähmten Gesichts.

Das gelbe Haus war mit feinkörnigem und festem Putz getüncht, ich konnte ihn nicht mit den Fingern von der Wand bröckeln wie den des grünen Hauses, ohne dass mir spitze Kiesel in mein Nagelbett stießen.

Die Einbauküche war aus Pressspan und der Boden aus Laminat. Wenn unsere Katze durch das Haus lief, klackerten ihre Krallen über das Laminat, und das Klackern schien durch die Zimmer zu hallen.

Das Gitter vor meinem Balkon wackelte, wenn ich mich daran lehnte, und Mutter sagte zu mir, ich solle aufpassen, dass ich nicht abstürzte.

Das Haus war quadratisch, der Garten war auch quadratisch und sah aus wie der Schatten des Hauses. In dem Sommer, in dem wir einzogen, lagerte noch überall Bauschutt. Darin wucherte das Unkraut. Mein Bruder grub den Schatten um.

Ich bog eines Nachmittags falsch ab: Ich wollte vom Schwimmbad nach Hause fahren und fuhr an der Brücke links anstatt rechts. Erst als ich vor dem grünen Haus stand, merkte ich es. Vater war nicht zu Hause.

Nachdem wir ausgezogen waren, fing Vater zu sammeln an. Im Hof standen elf Fahrräder, in meinem alten Zimmer türmten sich Bücher und Schallplatten, auf dem Ofen in der Küche Schaukästen mit toten Schmetterlingen und in der Ecke der Küchenbank Marienstatuen aus Porzellan. Vor allem sammelte er afrikanische Masken. Er reihte sie in dem alten Zimmer meines Bruders auf und ging jeden Abend, bevor er ins Bett ging, hinauf, um sie zu betrachten.

Mutter fing auch zu sammeln an. Sie sammelte alte Familienfotos und übertrug sie in Farbe auf zwei mal zwei Meter große Leinwände. Die Gesichter der Familienmitglieder blieben immer leer.

Mutter setzte sich in ihren Korbstuhl. Sie sah mich an und fragte: Willst du ein Frühstücksei? Dann stand sie wieder auf.

Ich saß ihr gegenüber am Tisch, schluckte den letzten Bissen meines Marmeladenbrotes hinunter und nickte.

Sie ging zum Ofen, sie hinkte, als wären die Gelenke mit Blei umgossen.

Das macht der Crohn, sagte sie.

Das Ei hüpfte im Kochtopf, und ich fing zu summen an: Noch n Toast, noch n Ei, noch n Kaffee, noch n Brei, etwas Marmelade und noch Konfitü-hü-re.

Mutter schreckte das Ei ab. Sie knallte den Eierteller vor mir auf den Tisch. Der Dotter blieb am Löffel kleben. Als ich fertig gegessen hatte, sagte Mutter: Ich will nicht, dass du das Lied in meiner Anwesenheit singst. Verstanden?

Der Dotter klebte in meinem Magen. Ich sagte: Verstanden.

Mutter las Bücher über Kaspar Hauser und malte Bilder dazu. In einem Bild ließ sie ihn in einem dunkelblauen Keller sitzen. Sie trat einen Schritt zurück und wischte sich die Hände an der Malschürze ab. Sie stand eine Weile vor dem Bild, dann schüttelte sie den Kopf, erst langsam, dann immer schneller. Sie nahm die gelbe Tube zur Hand und ließ einen Lichtstreifen ins Gewölbe scheinen.

Es erinnert mich so sehr an deinen Bruder, sagte sie.

Es war finster, draußen wie drinnen, obwohl es früh am Nachmittag war. Der Himmel drückte graue Wolken auf die Erde, aber bis jetzt waren sie noch nicht geplatzt. Ich hatte an der Tür geklopft und keine Antwort bekommen. Als ich eintrat, bimmelte das Glöckchen über der Tür. Ich rief nach Vater. Aber mein Rufen war so laut wie ein Flüstern, und das Flüstern verschwand in den hinteren Teil des Ganges. Ich trat vor die Küchentür, und nachdem sich meine Augen an das Dunkel gewöhnt hatten, sah ich Vater auf dem Kanapee liegen. Ich drückte die Klinke leise hinunter und drängte mich in die Mitte der Küche. Vater schlief auf dem Rücken, seine Füße steckten in grauen Wollsocken und standen über die Kante des Kanapees hinaus. Er hatte die Arme vor der Brust verschränkt, der Brustkorb hob und senkte sich in gleichmäßigen Wogen. Ich weiß nicht, wie lange ich dastand. Plötzlich schreckte Vater auf, er zog laut Luft ein und richtete sich auf. Er drehte seinen Kopf zu mir, seine Augen waren vom Schlaf noch finster, er starrte mich an und plötzlich wurden seine Augen heller, er zuckte zusammen und sagte: Was tust du denn hier?

Weil sein Rad nicht an die Mauer gelehnt stand, wusste ich, dass Vater nicht zu Hause war. Ich war froh darüber; ihm eine Notiz am Küchentisch zu hinterlassen war leichter, als mit ihm dort zu sitzen. Als ich vor der rauchblauen Haustür stand, sah ich, dass Vater unseren Familiennamen auf dem Blechdeckel des Briefschlitzes überklebt hatte. Auf gelbweißem Krepp stand jetzt sein Jungenname.

Im Dämmrigen der Küche suchte ich nach einem Blatt Papier. Der Tisch war überhäuft mit Briefen und Zeitungen. Die meisten waren noch an den alten Namen adressiert. Ich hob Papierstapel hoch, fächerte sie auf, ließ sie wieder zurücksinken. Einen Bogen Papier konnte ich nicht sinken lassen, er blieb zwischen meinen Fingerkuppen kleben. Es war ein Schreiben von Vater an seinen Rechtsanwalt. Ich wollte nicht, aber ich las:

Die Anschuldigungen, die ich mir von Seiten meiner Ex-Frau anhören muss, sind eine Frechheit. Ich habe weder Gewalt an ihr noch an unseren Kindern ausgeübt. Sie hat weder Grund noch Beweise, dies zu behaupten. Sie ist eine Lügnerin.

Es fühlte sich an, als würden die Typenhebel der Schreibmaschine Buchstabe um Buchstabe in meine Pupillen hauen. Ich hob den Blick und sah Vater draußen das Rad abstellen. Er schaute in die Küche hinein, als wüsste er, dass ich darin war. Er sah mich, und ich bin sicher, er sah auch den Brief in meinen Händen. Als er zur Haustür ging und mich nicht mehr sehen konnte, schob ich das Schreiben zwischen die Papierschichten auf dem Tisch. Mein Herz hämmerte, als er die Küche betrat. Er knipste das Licht an. Ich sagte: Ich wollte dir gerade eine Notiz hinterlassen.

Ich war mir sicher, dass er mein Herz bis zu meinem Mund hinauf pochen sah.

Vater machte eine Ausbildung zum Spengler. Das Gericht hatte entschieden, dass er für uns zahlen müsse. Es war seine erste Ausbildung. Seine Schule lag oberhalb des gelben Hauses. Bevor er heimfuhr, rief er uns von dort aus an und wartete dann vor dem gelben Haus, bis wir hinauskamen. Manchmal blieb er vor der Einfahrt stehen, andere Male kam er direkt vor die Haustür. Dann lehnte sein Rad wie vor dem grünen Haus an der Mauer. Jedes Mal, wenn ich aus dem Haus trat, um Vater zu treffen, nahm ich Scham mit. Ich sah die Scham auch bei meinem Bruder, immer wenn er mit Vater in der Einfahrt stand: Sie zog ihm seine Schultern hoch. Mir drückte sie die Lider herab.

An unseren Geburtstagen hatte er eine Papiertüte dabei. Mir schenkte er Duschgel aus dem Supermarkt von oben an der alten Straße, meinem Bruder auch. Ich warf es in meinem Zimmer weg. Das meines Bruders lag im Mülleimer im Badezimmer.

Mutter schlief schlecht und ließ ihr Zimmer auf Wasseradern untersuchen. Nach dem Mittagessen kam ein Mann mit einer Wünschelrute aus Draht. Er lief wie eine Ente durch das ganze Haus. Mutter ging neben ihm und betrachtete die Rute. Mein Bruder und ich watschelten hinterher, wir drehten die Füße nach außen und schoben die Hintern nach hinten. Wir kicherten hinter verschlossenen Mündern. Mutter hörte es trotzdem, sie warf uns über ihre Schulter ganz finstere Blicke zu. In ihrem Zimmer fing die Rute an zu zittern. Der Mann hielt sie fest, als würde er eine Motorsäge halten.

Da wären wir, murmelte er. Mutter nickte.

Als er gegangen war, stand sie an der Spüle und kehrte uns den Rücken zu. Mein Bruder und ich saßen am Tisch und quakten. Mutter hustete, wir quakten, bis sie schrie: Hört auf! Verdammte Scheiße noch einmal!

Ihr Husten war ein Heulen.

Euer Vater hat mich auch immer für dumm verkauft. Ich halte das nicht mehr aus!

Sie heulte weiter und wischte sich mit der Ellenbeuge die Augen aus. Mein Bruder und ich saßen da und wussten nicht, wohin mit unseren Händen. Später halfen wir ihr, das Bett zu verrücken.

Fauler Sack. Arschloch. Betrüger.

Mutter zählte ihre Wut über Vater auf. Ihre Worte blieben im Treppenhaus des gelben Hauses und in meiner Magengrube hängen.

Ich wollte die Sachen aus ihrem Mund nicht glauben und nicht hören.

Ich hörte sie jeden Tag.

Die Sekretärin an der Schule kam hinter dem Tresen hervor, um mich zu umarmen, als ich nach den Ferien die neue Adresse angab.

Sie fragte, warum. Ich sagte: Mein Vater ist ein Arschloch.

Ich sah mich selbst in ihren Augen und schlug die Lider nieder. Sie gab mir auf einem Löffel einen Zuckerwürfel mit Schnaps. Das bekamen eigentlich nur die Kinder mit Bauchweh.

Das gelbe Haus liegt im Osten der Stadt, das grüne im Westen. Es dauerte sechs Monate, bis Mutter und Vater sich auf der Straße über den Weg liefen. Sie schauten beide weg. Als Mutter nach Hause kam, wusste sie nicht, wohin mit ihren Händen. Erst baumelten sie schwer neben ihrem Körper, bevor sie sie auf ihren Bauch presste. Dazu sagte sie: Mir ist richtig schlecht geworden. Ich bin froh, dass ich weg bin von diesem Menschen. Ich bin froh, dass ich euch habe.

Sie machte einen Schritt auf mich zu und küsste mich auf den Mund. Mir wurde schlecht. Oben im Bad wusch ich meine Lippen mit Seife ab.

An seinem 16. Geburtstag kaufte sich mein Bruder so viel Bier, wie er Geld auf dem Konto hatte, und lud seinen besten Freund zu sich ein. Sie saßen den ganzen Nachmittag und Abend in seinem Zimmer, hörten Musik und tranken. Ich saß dabei und trank mit. Mein Bruder kotzte in einem hohen Schwall, als wir nach sechs Stunden aufstanden, um seinen Freund zum Bahnhof zu bringen. Ich ließ ihn neben seiner Pfütze liegen und brachte den Freund alleine raus.

Als wir beim chinesischen Restaurant vorbeigingen, sah ich Vater uns auf seinem Rad entgegenkommen. Ich senkte den Kopf und drehte mich weg. Der Freund meines Bruders fing laut an zu lachen, als Vater an uns vorbeigefahren war.

Hast du den gesehen?, schrie er und boxte in die Luft, als wolle er Vater von seinem Rad boxen.

Der sah aus wie ein Penner!, schrie er.

Hab ich nicht gesehen, sagte ich.

Ich wusste in dem Moment Bescheid, als ich die Freundin von Mutter auf dem Parkplatz sah, und in meinem Bauch knüllte sich etwas zusammen. Sie stand mit dem Rücken zu mir, ihr Gesicht zur Straße gewandt, als würde sie mich dort suchen. Dann, als hätte ich sie gerufen, drehte sie sich zu mir um. Sie kniff ihre Augen zusammen. Ihre Arme hatte sie vor der Brust verschränkt. Als sie mich unter den anderen Schülern entdeckte, hob sie kurz ihre Hand und kam mir entgegen. Ich ging schneller, und am Eingang des Parkplatzes trafen wir aufeinander. Ihre Augen huschten hin und her.

Es tut mir leid. Sie liegt wieder im Krankenhaus.

Das Etwas in meinem Bauch verhärtete sich. Sie rieb zweimal fest mit einer Hand an meinem Oberarm auf und ab, als wolle sie mich aufwärmen.

Es tut mir leid.

Ich nickte. Der Tag war grau, über der Stadt hing der Nebel und ließ die Welt klein erscheinen.

Ich hab euch Essen gemacht.

Sie drehte sich zu ihrem Auto. Ich ging im Abstand von zwei Schritten hinter ihr. Sie holte eine weiße Auflaufform von der Rückbank ihres Wagens und überreichte sie mir. Ich presste die Form an meinen Bauch. Sie setzte sich ans Steuer, lächelte mich noch einmal an und schlug die Tür zu. Sie parkte rückwärts aus, winkte mir noch einmal, bevor das Auto den Platz verließ.

Ich senkte den Kopf und schloss die Lider. Die Tränen tropften mir aus den Augen und schlugen auf die Aluminiumfolie.

Mutter hatte die weiß-gelb gestreifte Krankenhausdecke bis zur Hüfte zurückgeschlagen und saß aufgerichtet im Bett. Ihre Augen waren mit trübem Schleim überzogen. Sie nahm meine Hand, der Ärmel ihres Nachthemds rutschte hoch. Ihr ganzer Unterarm war blau.

Was ist da passiert?, fragte ich und konnte meinen Blick nicht davon lassen.

Die Ärzte finden keine weiche Stelle mehr, um mir die Nadel zu legen. Es ist alles schon zu vernarbt von früheren Einstichen.

In der Nacht träumte ich, dass Mutter mir mit einer langen, dünnen Nadel die Unterarme aufritzte und wir zu zweit in blauem Blut ertranken.

Was ist los mit dir?

Meine Freundin nahm mich an der Hand. Ihre Finger waren kühl. Sie zog mich in eine Ecke der Pausenhalle.

Ich zuckte mit den Schultern. Dann zuckten meine Mundwinkel. Ich holte Atem.

Mutter ist wieder im Krankenhaus.

Ach, Scheiße.

Ja, Scheiße, dachte ich und sagte nichts.

Die Pausenglocke ertönte, und die Menge um uns löste sich langsam auf. Nur noch sie und ich standen dort im Dunkel der Pausenhalle.

Meine Freundin umarmte mich. Sie war klein und dünn und zitterte.

Wenn sie noch einmal operiert wird, muss sie künstlich ernährt werden, sagte ich.

Ich wusste nicht, was eine künstliche Ernährung bedeuten würde, und ich wusste nicht, wohin mit all der Spannung in meinem Gesicht. Meine Lippen wurden zu einem harten Lächeln. Meine Freundin löste ihre Arme von mir und starrte mich an. Dann schüttelte sie den Kopf.

Wie kannst du da noch lächeln?

Ich flüsterte: Ich lächle doch gar nicht.

Meine Schuhsohlen pappten auf dem Boden fest, als ich durch die Pausenhalle ins Schulzimmer zurückging.

Mutter trug eine Windel um ihren Bauch. Es sah aus, als trüge sie ein Kind. Ihr Darm hatte einen Kanal zu ihrer Bauchdecke wachsen lassen, daraus floss eitrige Flüssigkeit. Dreimal am Tag wechselte sie die Windel.

Riecht man es?, fragte Mutter meine Tante, die gekommen war, um auf uns aufzupassen.

Ab und zu ein Windchen, antwortete die Tante, und Mutter wurde rot. Ich atmete weniger in Mutters Nähe.

Am nächsten Tag fuhr Mutter für sechs Wochen zu einer Kur. Ich fing am gleichen Tag an, auf dem Boden in meinem Zimmer Bauchmuskelübungen zu machen, damit mein Bauch nicht so schlaff aussehen würde wie der von Mutter.

Du hast ein Päckchen bekommen, sagte meine Tante, ohne mit dem Rühren in der Pfanne aufzuhören. Ihre Brille war mit Dampf beschlagen, sie drehte den Kopf, senkte den Blick und lächelte mich über den Rand der Brille hinweg an.

Ich hab es dir zu den anderen Geschenken gestellt.

Ich war gerade aus der Schule nach Hause gekommen, stellte die Schultasche auf den Küchenfliesen ab und ging ins Wohnzimmer. Auf die Anrichte des alten Bauernschrankes war eine weiße Häkeldecke gelegt, darauf lagen bunt eingepackt Pakete. Eines war neu hinzugekommen. Ich nahm es von der Anrichte und drehte es so, dass ich die Schrift lesen konnte. Ich erkannte sofort, dass es von Mutter war. *An das Geburtstagskind* stand da, darunter mein Name und unsere Adresse. Ich setzte mich auf das Sofa und riss das Klebeband ab. Mit Daumen und Zeigefinger zog ich einen roten Bilderrahmen hervor, darin war ein Aquarell auf dickem Papier, in grünen und orangen Tönen gemalt.

Ein Morgen, wie ich ihn hier von meinem Fenster aus sehe stand auf der Karte, die mit im Umschlag steckte. *Alles Liebe zu deinem Geburtstag, Mama.*

Ich legte das Bild auf meine Knie und strich über das Glas. Dann spreizte ich meine Knie, das Bild fiel auf den Boden, und das Glas zersprang.

Vater schenkte mir ein Handy. Damit ich dich besser erreichen kann, sagte er.

Auf dem Weg vom grünen Haus ins gelbe Haus tat ich den ganzen Weg so, als würde ich telefonieren.

Es war schwer mit Vater, er war so traurig wie ein Hund, ich hielt es kaum aus.

Er rief oft an. Zuerst schaltete ich auf lautlos, dann ließ ich das Handy über Nacht aus und vergaß, es am Morgen anzuschalten. Seine Anrufe bekam ich dann als Textnachricht. Als wir uns das nächste Mal sahen, fragte er mich, wieso ich nicht ans Telefon gehe, ich sagte, ich könne mich nicht daran gewöhnen. So so, antwortete er, aber ich wusste, dass er mir die Lüge ansah.

Ich benutzte das Rad meines Bruders, um Milch kaufen zu fahren. Als ich zurückkam, stand er im Türrahmen und sagte: Hast du mich gefragt, ob du mein Rad benutzen darfst? Ich antwortete nicht und duckte mich unter ihm hinweg, er packte mich am Jackenärmel und zog mich in den Flur. Die Tasche schlug gegen den Türrahmen. Es knallte, und Milch sickerte durch den Stoff.

Sieh, was du gemacht hast, sagte ich.

Da drückte er mich mit seinem linken Arm gegen die Mauer und hielt mir die rechte Faust vor das Gesicht. Seine Faust zitterte, seine Augen zitterten. Ich hatte mehr Angst vor seinen Augen als vor seiner Faust. Er drückte mich noch einmal gegen die Mauer, dann ließ er mich los, ich sackte zusammen und heulte auf. Die Milch bahnte sich ihren Weg durch die Fliesenritzen.

Mutter hatte in der Küche gesessen, und als sie meinen Bruder in sein Zimmer hochstürmen sah, lief sie ihm hinterher. Ich hörte sie oben reden.

Was war das?, wollte Mutter wissen. Ich stellte mir meinen Bruder vor, wie er mit den Schultern zuckte.

Nichts, sagte er. Sie kann nicht einfach mein Rad benutzen.

Das kann man auch anders regeln, sagte Mutter.

Bei ihr nicht.

Dann hörte ich eine Tür knallen.

Mutter lief die Treppen hinab zu mir.

Arschloch!, schrie ich und wusste nicht, wem es galt.

Mutter wischte die Milch auf.

Seit diesem Tag redeten mein Bruder und ich nicht mehr miteinander. Er zog ein halbes Jahr später aus, ich war den ganzen Tag in der Schule und als ich heimkam, war sein Zimmer leer.

Zwei Tage nachdem mein Bruder ausgezogen war, bekam Mutter wieder ihre Krämpfe im Bauch. Ich saß auf dem Schemel in der Küche, als sie kam und sagte, sie werde sich nun selbst ins Krankenhaus einweisen. Wir schlangen die Arme umeinander. Mein Kopf lehnte auf ihrer Brust, ich versuchte ihr Herzklopfen zu speichern, falls es bald nicht mehr da sein würde.